DARIA BUNKO

戀愛-koiai-

崎谷はるひ

illustration❋タカツキノボル

イラストレーション❋タカツキノボル

CONTENTS

この作品はフィクションです。

実在の人物・団体・事件などに一切関係ありません。

戀愛-koiai-

「男ふたりでクリスマスとかないわあ」

しみじみとつぶやいた友人に、橋田達巳《はしだたつみ》は「そうだなあ」と苦笑した。

「せっかくの三連休でさあ。きょうはイブでさあ。なんで俺らの会社は休みじゃないわけですか」

「それはですね、ブラックぎりぎりの零細企業だからですよ。そして大学の先輩が社長だからですよ」

指先で氷をくるくるまわしながらわざとらしい丁寧語で答えると、ぼやいた相手、奥田時彦《おくだときひこ》はうんざりしたように煙草をふかした。

「体育会系部でもないのに、なんでいまだに序列が崩せねえの……」

「俺に言っても知らん」

昨今の禁煙ブームのおかげで、新宿《しんじゅく》の街でも喫煙できる店は激減している。若者向けのイタリアン風居酒屋ですら喫煙コーナーはごく狭く、カウンターの端のほうで身を寄せあうようにしてつまみをつつき、酒をすする。

大学でやっていたイベントサークルは、そのままイベント運営会社に移行した。当時のサークルリーダーが大変に如才《じょさい》なく、不況時にもあれこれと仕事を仕入れては、あちらでパーティー、こちらでクラブイベント、どこぞでライブと、切れ目なく会社を動かしている。

実働隊である達巳と奥田は当然言われるがままに、ブッキングをし人手を集め、西へ東へと飛びまわる羽目になる。

本日も新人ミュージシャンを集めたクリスマスイベントを終了したばかりだ。二十四、二十五と続くためにライブハウスでの撤収《バラ》しはあすの夜に持ち越し。おそらく二十五日のイベント終了後、仕事があけるのは二十六日の朝となるはずだ。

店内に飾られたクリスマスツリーやリースも、あと一日を残して撤去されるのだろう。

「ほどほどにして、帰って寝たほうがよくないか？」

「まあね、寝るけどさ。どうせあしたの入りは午後だしさ。飲み食いくらいしないと、やってらんないじゃん」

むすっとした顔で奥田は顎髭《あごひげ》を撫《な》でる。男臭い美形だからこそ似合うスタイルにこっそり見《み》惚《ほ》れつつ、達巳はずっと気になっていたことを問いかけた。

「ええとさ。電話しなくて、いいのか」

「誰に」

「いや、誰にって、カノジョとか。会えないにしたって、俺と飲んでる時間があるなら、ちょっと顔見にいくくらいできるんじゃないの」

気遣った達巳の言葉に、奥田はさらにむっとした顔をする。

「いねえ相手にどうやって会いにいくわけよ」

「えっ」

「えってなに、えって」

「いや、だって……いないの？　カノジョ」

心底驚いた顔をする達巳に、奥田は「なんだそのリアクション」と苦笑する。

「俺、ここ二年くらい、フリーだぞ」

「えええええ、うっそ」

長身の男前、気さくで明るい性格の奥田は学生時代から彼女が切れたことがない。イベントサークルなどやっていれば出会いはそこらじゅうに転がっていて、クラブでひと晩引っかけた、などということもざらだった。

「そうじゃなかったら、なんで俺はここにいるのよ」

「いや、だっててっきり、仕事でデートがつぶれただけだろうって思ってたし」

男ふたりのクリスマスはむなしい、などとぼやいているのも、彼女サービスができない申し訳なさだとか、不満からつぶやいていると思っていた。

「あれ、でも、おまえ結婚秒読みの彼女いなかった？」

「いつの話だよ。てかそれデマだから。三年まえまで同棲してたやつはいたけど、そのあとは誰もいねえから」

目をしばたたかせた達巳に、奥田は「そっちこそ、どうなん」と問いかけてくる。

「え、俺？　俺はもう、ほら。むかしから同じですよ」

「なに、同じって」

「……言わせんな。リア充の仲間入りしたことなんか、ないっつの」

ため息まじりに告げると「えー」と奥田が顔をしかめる。

「ないって、彼氏くらいはいるだろ？」

これだから相手が切れたことのないやつは。達巳は苦笑して言葉を呑《の》みこんだ。

「いたこともある、ってレベルだよ。だいたい、この忙しさでどこに出会いがあんの。仕事関係以外、ひととほとんど会ってないのに」

「えーでもほら、二丁目とかハッテン場とか」

「ゲイだからってみんなそっちにいくわけじゃないの」

「んじゃネットとかさあ。コミュとかはいったりしてないの？」

「まあ、ミクシくらいはやってるけど……あのさ、たとえばおまえ、ツイッターのフォロワーと、趣味が同じだからってだけでリアルで会うか？」

「……まあ、会わないな」

それと同じようなことだよ、とうなずいてみせると、奥田はわかったようなわからないような顔で「うーん」と首をかしげていた。

「ゲイでもヘテロでも、恋愛下手な人間も奥手なのもいるの。それだけの話だよ」

カミングアウトずみだからと言って、それこそ『発展家』ばかりではないのだ。そう告げたのに、なぜか奥田は食いさがってきた。

「でもさあ、あのころはそういうとこ、出入りしてたんだろ？」

「そりゃ、若気のいたりでね」

そもそも達巳が会社の人間――引いては学生時代の仲間相手にセクシャリティを暴露する羽目になったのは、とあるクラブイベントを開催した際に招いたＤＪがうっかりその手のバーで会ったことのある相手だった、という不運による。

――やーだあ、こんなとこで会うなんて偶然ねえ！

いかついルックスに不似合いなオネエまるだしな口調で話しかけてきた彼は、まるっきり悪気はなかったようだ。達巳がイベンターだなどとまったく気づいておらず、よもやの事態で硬直しているうちに、流れで完全にばれてしまった。

幸いに、というか、サークルのリーダーであり現社長である男もバイセクシャルを公言していたため、これといった騒ぎにもならなかったが、サークル内部でもおとなしいタイプだった

――というか、目立ちたくなくておとなしくしていた――達巳には、なかなかセンセーショナルなできごとだった。

「もう、八年もまえの話だぞ。大学でて何年よ。つか、奥田だって俺の忙しさは知ってるだろ、ほとんどいっしょに仕事してんだし」

「まあなあ」

「そっちが彼女できないくらいなんだから、俺とかもっと無理じゃん。いまは仕事で手一杯だしさ」

笑ってごまかす。出会いがないのは事実だが、手一杯というのは嘘《うそ》だ。

それこそゲイの友人もいるし、ネットでもなんでも、機会を持とうと思えばできなくもない。ただ、達巳は学生時代からずっと、隣にいるノンケの男に片思いをしていて、適当な相手とつきあうくらいなら、不毛でもなんでも、奥田の隣にいるほうを選んだだけだ。

ちなみに、社長だけは達巳の気持ちを知っている。それでやる気がでるならと、奥田と同じ現場にまわしてくれるのは彼の親切心でもあり、無言のプレッシャーでもある。

「んじゃあさあ、あの噂《うわさ》って嘘なん?」

新しい煙草に火をつけながら、奥田がもそもそと言った。なぜだかこちらを見ようとしない。

「噂?　なに?」

「達巳が社長とつきあってる、とか」

る。

「……それ本気で訊《き》いてる？」

ぎょっとして隣の男を見ると、まじめな顔をしていた。本気らしいと知って、達巳は脱力す

「あのさあ、勘弁してよ。新人の子ならともかく、なんで大学時代からいっしょのおまえが真に受けてんの」

「いっしょだから、そうかなって思うんじゃん。社長……宍戸《しし ど》さん、本気で見境ないしさあ」

「だから、その見境のなさを重々知ってるだろ、俺らは。あのひとはリア充通り越して節操なしなんだから。だいたい、俺のカミングアウトがかすんだの、宍戸さんが年中男女関係なしの修羅場繰り広げてたせいだろ」

それでも仕事については辣腕《らつわん》だし、能力だけはあるからついていってはいるけれど、個人的な関わりは勘弁してほしいタイプだ。げんなりした達巳に「ならいいけど」と奥田は歯切れ悪く言った。

「最近、社長室にいる時間が長いとか、いろいろ言われてるからさ」

「そりゃ長いだろうよ！　誰が、あのひとの突っこんできたむちゃくちゃな仕事、整理して割り振ってると思ってんだよ！」

達巳の肩書きは営業事務兼秘書室長だ。室長と言えば聞こえはいいが、実質の人員は達巳ひとり。奥田は運営企画部、メインはイベントの実働が主ではあるけれど。

「あのクッソ狭い社長室で俺と宍戸さんがなにするっての！」

「いや、怒鳴りあってんのは知ってるけどさ」

　こともあろうに奥田にだけは、そんなことを言われたくなかったと達巳は怒った。あまりの迫力にたじたじとなった奥田は「悪かったよ」と眉を寄せる。

「誰だか知らないけど、くだらないこと言うなって言っておいて」

「……わかった。水岡《みずおか》にもちゃんと言っておく」

　あいつか、と達巳はこっそり舌打ちしたくなった。今年の新入社員で、イベント運営会社という派手そうな名前だけにひかれてきたはいいけれども、裏方と雑用ばかりの仕事に不満があって、仕事中もよけいな話ばかりする男だ。

「もー、ほんと頼むよ。奥田までそんな変な噂に惑わされるようじゃ、俺マジでやってけない」

「わかったって。ごめん。ただ、気になったからさあ」

「なんでよ。おまえゴシップネタとか好きなタイプじゃないでしょが」

「なんでって――」

　いらいらと言った言葉に奥田が答えようとした瞬間、ばちん！　という音がして、店が真っ暗になった。「きゃあ」とちいさな声があがり、店内の客がざわざわと騒ぎだす。

　そんななか、達巳は唇になにか、違和感を覚えた。

「……え？」

乾いてやわらかな、弾力。煙草のにおい。顎をかすめたざらっとした感触。一瞬で心臓が破裂しそうになり、闇のなかですべての時間が止まる。

（え？　なに？　え？）

ふっと離れたそれは、勘違いだったのだろうか。そう思った瞬間、ふたたび唇があたたかいものに覆《おお》われた。今度はすこし長く、動揺に震える達巳のそれにぴったりと吸いついて、かすかに食《は》むような動きをする。

「え、え……？」

ちゅ、という音がやけに響いた気がして背中がびくっとした。まさかと思いながら、唇を盗んだ相手の頬にふれようとしたところで、グラスかなにかを鳴らす、りいんという音がする。

「申し訳ありません！　手違いでブレーカーが落ちただけなので、ご心配なく！」

店員の声がしたと同時に、近くにあった体温が離れていった。そして数秒も経たないうちに、店の明かりがつく。

「びっくりしたー」

「ねー、驚いちゃった」

軽い笑いまじりでハプニングについて語るひとびとのなかで、達巳と奥田だけが無言だった。明るくなった状況で隣の男をじっと見ると、彼はなにごともなかったかのような顔で、カウンターの正面を向き、煙草をふかしている。

（え？　勘違い？　でも、いまのって）

逆側にいる客を思わず見ると、デート中らしい女性客がほろ酔いで彼氏にあまえている。あまり広くもない店で、背後は壁。椅子との間にひとが通れるような空間はあまりないし、瞬間的にやってきて消える、という芸当ができるはずもない。

「なにきょろきょろしてんだよ」

奥田は、まえを向いたまま言った。冷静な声に、達巳はますます挙動不審になる。

「え、あ、いや」

「俺しかいないだろ」

心臓が、ばくんと音をたてた。茫然《ぼうぜん》としたまま、長年の友人であり、見こみのない片思いの相手であった男をじっと見つめていると、彼は長々と煙を吐きだしたあとに灰皿で煙草をもみ消す。

ただでさえ香りの強い、外国煙草のガラムだ。しかし間違いようがないのは、そこにほのかに混じったオレンジリキュールのにおいのせいだった。

むかしから煙草好きの彼は、かつてガラムにコアントローの香りを吸わせるオリジナルアレンジがあると聞いてから、必ずカクテルの香りづけをしてから吸っている。

「でよっか」

「あ、う、うん」

いまのできごとはなんだったのか。一瞬の停電が見せた幻か。そう思って混乱する達巳をうながし、奥田はたちあがる。あわてて鞄《かばん》を掴《つか》み、あとに続くと、さっさとカードで精算をすませた彼は店の外へとでていった。

エレベーターで地上に降りる間も、奥田はずっと無言だった。達巳は騒がしくなった心臓のおかげで呼吸すらまともにできず、浅く跳ねる息が見苦しくはないかとそれだけを案じる。

「うお、さっぶ！」

「ほんとだ、寒い」

通りにでたとたん、ビル風が吹きつけてきて奥田がぶるっと震えた。雪こそ降っていないけれども、放射冷却のおかげで皮膚が痛いほどに街は冷えている。コートのまえをかきあわせ、達巳は身体を縮める。

深夜零時をまわったクリスマスの街。バブルのころならまだまだにぎわっていたことだろうけれども、不況を反映してか、それともあまりの寒さのせいか、通りをいくひとはすくない。

あまりの寒さに笑いがでて、ふたり、意味もなく「ふはは」と笑いあった。だが目があったとたん、達巳はさっと顔を背《そむ》ける。

「ええと、じゃあ……か、帰るか」

「終電、もうないんじゃね？」

「あー、近いからタクろうかなと。おまえは？」

顔がこわばるのは寒さのせいだと思っていてほしい。頭のなかは相変わらず混乱していて、この場を逃げだすことしか考えられない達巳を、奥田は許さなかった。

「訊かねえの」

「なにを」

「なんでキスしたのかとか」

どうにか浮かべていたぎこちない笑いすら消え失せる。

「あんまりおもしろくない冗談だったな」

「そういう逃げかよ」

「ほかになにがあるわけ。二十九にもなって、酒のノリでギャグかますにはちょっと、身体張りすぎだろ」

ため息まじりの言葉に、奥田が顔をしかめた。

「あんなタイミングで、ギャグになんねえじゃん」

「じゃあなんだっつうわけ！　意味わかんねえし！」

「チャンスかと思っただけだろが！」

キレ気味に怒鳴った言葉を、倍の勢いで返された。目をまるくした達巳に、奥田は「あぁくそ」と茶色い髪を掻《か》きむしる。

「おまえこそ、俺のことわかっとけよ。ああいうことをシャレにするほど、俺、趣味悪くねえぞ」

「だっ……だって、なんで、いきなり」

「彼氏もいねーし、宍戸さんともなんでもねーっつうし、クリスマスだし？」

白い息が彼の乾いた唇のまわりでふわりと漂う。自分の息も同じくらいにまっしろで、ふわふわ、ふわふわふわと寒空に漂う。

言葉が質量になって見えるかのようで、胸がずきずきと痛くなってくる。けれど奥田の気持ちがわからない。

「俺、そういう軽いのとか、無理……」

「軽くねえし、つうか、もういいかなって」

もういいって、なにがだ。声にならない言葉を聞き取ったように、奥田は言った。

「だっておまえ、俺のこと好きだろ。つか、大学のころは確実に、好きだったよな？」

「……！　な、ど、ど、して」

「どうしてって、俺のこと好きな人間は、見てたらわかるから」

言葉を失い、茫然と立ちすくみながらも、達巳はどこかで納得している自分を知った。

（まあ、でも、そうだよな）

奥田はけっして鈍《にぶ》い人間ではない。彼がモテたのは、周囲から飛んでくる秋波《しゅうは》を上手にキャッチし、あるいはスルーして、バランスよく愛情を受けとめてきたからだ。むろんそれは友情の意味でも同じで、好意を寄せてくれた人間に対してやさしく振る舞う。

といっても不誠実な真似は決してしない。深みにはまりたくない相手にもうまいこと距離をとる彼だからこそ、『女たらし』ではなく『人気者』であり続けた。

それはいまでも同じで、ひととひとをつなぐ現場で立ちまわれるのは、根本的に人間関係のカンがいいからだ。

ふっと苦い笑いが漏《も》れる。

「なんで、いまさら?」

達巳は自分でも意外なほど、落ちついた――むしろ冷めていると言ってもいいほどの低い声がでたことに驚いた。それは奥田も同じだったようで、軽く目を瞠《みは》っている。

「ばればれだったんだろ、俺。それでずっと、恋愛の意味ではスルーされてたわけだろ」

うろたえてはいるけれど、同時に妙な安堵《あんど》も覚えた。隠しごとをしているようなうしろめたさだけは、今度は味わわずにすむからだ。

穏やかに問いかけると、奥田はすこし気まずそうな顔になった。

「ばればれってか……や、ここ数年は、わかんなかったけど」

「うん、まあ、ここ数年であきらめつけたからな」

「え」

はっとしたように顔をあげる彼に、達巳は笑った。震えるのは、きっと寒さのせいだろう。

「そりゃ見こみなけりゃあきらめるだろ、ふつう」

これも半分嘘で、半分本音だ。

大学一年のとき、十八歳で知りあって、もう十一年がすぎた。奥田への思いは、十代の終わりから二十代なかばくらいまで、ずっと引きずっていた。

その間、いろんな人間に目移りしてみようと思った。努力もしたし、恋人を作ったこともある。だが抜けない棘《とげ》のように、心の奥にはいつも奥田がいるままだった。

いろいろ頑張って、結局無理で、中途半端に終わる恋を数回繰り返したあとに、折りあいをつけた。

悩んだり苦しんだすえ、ここ数年で、せめて友人でさえいられればいいと気持ちの整理をつけられたのだ。なのに、彼はあっさりと爆弾を落としてきた。

「あきらめるって、俺のこと、もう好きじゃねえの？」

達巳の十一年を無駄にするような、好かれる人間特有の傲慢《ごうまん》さ。そうやすやすと乗ってやれるほど浅くもないし、あまくもない。

「好きじゃないっていうか、そもそも俺、おまえとどうこうなろうって思ったことは一度もないけど？」

「ええ!?」

そこまで驚くことかと、達巳はおかしくなった。

十一年、ずっと目のまえに、心のなかに居続けた男の姿を追い払うのはむずかしかった。

だがそれでも、二十代を折り返し、三十近くなってやっとすこし、落ちついた。その間中、奥田には定期的に恋人がいたし、そもそもすべて女性ばかりだった。

「当然だろ？　ノンケ相手の不毛な恋とか、本気になるだけアホだよ」

「アホって、おまえ」

「それにさ。いまの話、俺がおまえのこと好きじゃないかもしれないって気づいてから、その気になったように聞こえる」

指摘に、奥田は気まずい顔でもしてみせるかと思った。けれど彼は「ああ、うん」とあっさりうなずいて、達巳のほうが驚いた。

「そのとおりかな。あれって感じしてさ。だから本命できたのかって思ってた」

「本命って、社長か」

「じゃなくても、誰かいんのかなって。それはやだなと思ってさ」

「……子どもかよ。ひとにとられんのがいやでちょっかいだすとか、最低だろ」

応える気もなかったくせに。さすがにいらだちをあらわにして達巳がなじると、奥田は「なんでだよ」と口を尖《とが》らせる。

「なんでって、そんなくだらない所有欲で振りまわされるこっちの身にもなれよ」

「きっかけはべつにいいじゃん。好きになったんだから所有欲あったって変じゃないだろ」

「だからそれがおかし――」

言いかけて、はたと達巳は口を閉ざした。しぱしぱと目をしばたたかせ、じっと奥田を見る。彼はいやそうに顔を歪《ゆが》めた。

「好きになっちゃったんですよ。そっちが好きじゃなくなったとたんに気づくって、すっげーだせえけどさあ」

「え……おまえ、俺のこと好きなの」

「だーから、さっきからそう言ってんだろ！」

いや言ってないし、というのは言葉にならなかった。怒った顔をした奥田が腕を掴んで、いきなり引き寄せてきたからだ。

「つーか、俺、たぶんむかしから、好きだったんだよ」

「いやそれは、いくらなんでも無理があるだろ」

「だってしょうがねえだろ、男はないわって思ってたんだしさ」

「いやいやいやいやいや。いまもないだろ。つうか勢いとか思いこみで恋愛する年じゃねーだろ、もう」

押し返そうとするけれど、広い胸の持ち主は体格に見あって力が強かった。ますます引き寄せられ、腰を抱かれて首筋に顔を埋められ、達巳はもがく。

「ちょっと、ちょっと、路上！」

「勢いじゃねえよ。言ったろうが、ここ二年くらいフリーだって」

ささやくような声に耳が痺《しび》れた。顔がいいうえに声もいいのはずるいと思う。だがその内容は、さすがに達巳の予想を超えていた。

「飲みに誘っても、言い訳つけて断らなくなったのが、三年くらいまえだよな」

「え、そう……だっけ？」

三年まえ、二十六歳のころだ。なにがあったかなと思いだして、ふと、結婚秒読み云々《うんぬん》の噂が浮かんだ。

「あの、同棲してた、彼女ってのは」

「一年つきあって、そのうち半年同棲して、別れた。つか、それもおまえのせい」

「は？　なんで」

ものすごくいやそうな顔で、奥田が顔を逸らした。怪訝《けげん》な表情でじっと見あげていると、観念したように彼は長い息をついた。

「結婚うんたらの噂のせいだろ、おまえ、踏ん切りつけたの」

「あー……たぶん、そう、かな」

「たぶんとか言うなよ。達巳、むっちゃくちゃ露骨に俺のこと避けたろうがよ」

責めるように言われたけれど、正直あまり覚えていなかった。というより、意図的に忘れたのだ。これであきらめられる、これで忘れられると安堵しながら、さんざん泣いたから。

「まあ、うん、失恋できるなあと思ってほっとしたせいで、半分くらい忘れた」

自分も青かったなあ、などと思いながらつぶやくと、なぜか奥田は怒った。

「てめえふざっけんなよ！」

「な、なにがだよ」

「達巳になんかしたのかってさんざん考えて、そのせいで俺はふられたんだぞ！」

「……は？」

怒りにまかせてまくしたてた奥田の弁によると、あまりにもぎこちなく彼を避ける態度が気になってしかたなく、彼女に対しての態度もおろそかになったそうだ。もともと忙しくてすれ違い気味だったところへのとどめになり、相手から「ほかに気になるひとがいるなら、別れて」と言われたらしい。

「そんでどうにかそっち清算できたころには、けろっとした顔になってやがって」

「え、いや、それ俺のせいじゃないと思うし」

「おまえのせいだよ！　七年好きだったらもうちょっと粘《ねば》れ！」

「いや……それどうなのさ……」

そんなに簡単にいくものではないだろうとあきれながらも、達巳はつい笑ってしまった。するとなぜか、奥田は顔を歪めてうめく。

「もっぺん好きになり直すくらい、できねえのかよ」

「奥田?」

「気の迷いだなんだ、俺だって考えたんだよ。おまえはもう俺を見ないし、もしかしたら気のせいだったか、自意識過剰だったのかとか。おかげで二年も棒に振った」

腰を抱いた手が、痛いほどに強い。そして震えているのは気のせいではないと思う。

「社長の噂がでたときには、頭煮えたし。でもおまえ、相手いないんだろ。だったら俺にしたっていいだろ。むかしは好きだったってんなら、好みではあるんだろ」

「奥田、あの……」

「チャンスくらいよこせよ」

いま耳元で口説いてくる男が、掛け値なしで本気なのだと、そのときようやくわかった。達巳は顔が熱くなった。火照《ほて》った頬に気づいたのだろう、奥田がにやっと笑う。

「赤くなるってことは、脈はないわけじゃないよな?」

なにも言えないまま、無言でかぶりを振る。想定外すぎて頭がついていかず、どうすればいいのかもまったくわからなくて、達巳はうつむいた。

顎のしたに、つめたい指がすべりこんでくる。軽く力をこめられ、目を伏せたまま顔だけあげると、そっと唇をついばまれた。

「外だっつの……」

「ひといねえじゃん」

「いるよ、おまえのうしろに！　見られてるよ！」

「新宿じゃめずらしくもねえだろ」

堂々と言い放って、今度は深く口づけられた。歯を食いしばって舌の侵入だけは拒んだけれども、何度も何度もついばまれ、腰をこすりつけられて、身体が熱くなってくる。

「なに、勃《た》ててんの」

「達巳エロいから」

無言で肩を殴ると、奥田はおかしそうに笑って達巳の鼻を軽く撫でた。やさしい、くすぐるような感触が気恥ずかしい。

「鼻赤くてかわいいな」

笑いを含んだその声の持ち主に、言い返したいことはいくらでもあった。いい歳をしてかわいいもなにもあるかとか、好かれなくなったのが気になるなどと、どれだけモテ人生を送ってきたのだとか――今後、結局女に戻るような人種は信じられないだとか。

けれど、じっと見つめてくる視線の強さに対して、そんな逃げ腰の言葉は卑怯《ひきょう》に思えた。

「……なあ、寒くね？」

達巳は黙ってうなずく。声がでない。自分の心臓の音がうるさすぎて、彼の声しか聞こえない。

「俺の部屋、くる？　それとも帰る？」

だから腰を押しつけたまま言うな。達巳は睨《にら》み返すけれど、絶妙な強さで背中から尻までを撫でる男のおかげで、自分の身体も熱くなっているのはばれている。

「気持ちよくすっからさ。だめ？」

「あした、仕事だろが。つうか、いきなりかおまえ」

「惚れ直してもらうなら、そっちから落とすのもありだろ」

「どんだけだよ」

自信たっぷりに言う男にあきれた顔をしてみせつつ、期待していないと言えば嘘になる。まだ酔いが残っているのか、それともあまりにあまりな展開のおかげで、思考停止になっているのか、まともな状態なら断るべきだと思っているのに、抗《あらが》いきれない。

「……疲れてるし」

「うん」

「寒いし。途中で寝るかも」

しらっとした顔をつくっても、頬の赤みがそれを裏切っている。けれど奥田はからかうこともなくうなずいた。

「そしたら寝てっていいから、裸見せて。ここ二年、妄想しすぎてちょっと俺おかしいから、現物見たらちっとはおさまると思う」

「おかしいって、なにが」

「そのスーツ剥《む》いたら、どんなもんでてくるのかなって、それぱっかだよ」

直球すぎる言葉に真っ赤になると、片方の尻をコートのうえから掴まれた。

「つか、予想どおりさわり心地い――」

「……っ、だから、外！」

思いきり頭をはたいて、どうにか痴漢まがいの行為はやめさせたけれども。

室内ならいいんだろうと言いきった男は達巳の手を掴んでタクシーを止め、自宅につくまでの間、まったく離そうとしなかった。

＊　＊　＊

深夜で少々お高いタクシー料金を払い、奥田の暮らすマンションに辿《たど》りついた。玄関をくぐるまでの間、奥田が達巳の手を離したのは財布から金をだすときだけで、ほとんど引きずるようにして部屋に連れこまれる。

「あ、あの。この部屋にくるの、ひさしぶりだ、な……っ」

靴を脱いだとたん、さらに引っぱられて玄関わきの壁に身体を押しつけられた。真剣すぎる顔にぐびりと息を呑み、顎を引くと、奥田が眉を寄せたまま笑う。

「そんな、怯《おび》えんなよ」

「無理。なんかおまえ、怖い」

掴まれた両肩が痛い。軽くもがくと「だから怯えんなって」と奥田は顔を近づけてくる。

「興奮しちゃうだろ」

「なっ……!?」

気遣ってくれるわけではないのか。唖然として思わず顔をあげると、本当に遠慮もなにもない勢いで唇に食らいつかれた。

「んんんーっ!」

さきほどの居酒屋でのキスが、どれだけあまくやさしいものだったのか知らしめるように、舌を突っこまれ、怯えて縮こまる達巳の舌を噛んで引きずりだされる。先端を吸ったり口腔《こうこう》を舐《な》めたり、とにかく、セックスのためにしているキスをし放題、された。

(もう、なんだこれ、なんだこれっ!)

もがいて逃げようとすると、手で顎を押さえられ、顔を固定されたまま舌を抜き差しされる。その間、思わせぶりに腰をぐいぐい押しつけられるわ荒れた息遣いをたっぷり聞かされるわで、達巳は服を一枚も脱がされないまま犯されたような気分になった。

おそらく五分、もしかしたら十分。口のなかを蹂躙《じゅうりん》され尽くし、ぐったりした達巳から奥田が舌を引き抜いたころには、なかば腰が立たない状態になっていた。

「おま……け、けだもの……」

「だって達巳、エロいから」

「俺のせいかよ！　嘘つくな、そんなに経験ないぞ」

「だからエロいんだって。キスへったくそだし、どうしていいかわかんなくて、目ぇ閉じても目が泳いでたし」

キスの間じゅう観察していたと言われ、達巳は思わず顔を手で覆った。「遅いって」と言いながら奥田がその手を掴み、手の甲へ唇を押し当ててくる。

「まだ、手ぇ冷たいな。風呂はいる？」

気障《きざ》な仕種《しぐさ》にも顔が熱くなって、強引に抱きしめられたせいで乱れたコートの襟《えり》を掴んだ。なにも言えないでいるうちに、いきなり人差し指をくわえられ、達巳はびくっと肩を跳ねさせる。まだ冷えている指に、奥田の舌は火傷しそうなくらい熱く感じる。

「お、奥田、ほんとに、手加減してくれ」

「うん？」

指をくわえたまま生返事をする奥田に、「ほんとに頼むから」と達巳は涙目になる。ぬるぬるしたものが絡《から》みついてくるおかげで、徐々に息があがっていく。

「俺ほんとに、あんまり経験、ないから。無茶されるとあした、仕事が……あぅっ」

痺れたような指に歯を立てられて、腰にずんっと疼《うず》きが走った。じっと見つめてくる奥田の目は、さきほど罵《ののし》ったとおりにケダモノじみている。

「心配しなくても、痛くしねえから」

「痛く、って、い、いれるつもりなのか⁉」

「いれるだろ、そりゃ。ここ二年のイメトレの成果、しっかり受けとめてもらわないとだろ」

いったいどんなイメトレだと青くなるよりさきに、もういちど指を噛んだ奥田が腰を抱いたまま部屋の奥へといざなっていく。フローリングの床は冷えていて、足先がじんじんとするくらいなのに、体感するものと自分の感覚が乖離《かいり》しきっているのが奇妙だ。

連れていかれたのは寝室で、ぼうっとしている間にコートを脱がされる。「え、え」と戸惑う声をあげる間にネクタイを抜き取られ、スーツの上着も奪われて、まだ暖房のまわりきらない室内の寒さに震えた。

「ちょ、ふ、風呂は」

「あとでいいや」

「いいやって、よくないし、ちょ、まじで、あのっ」

シャツのボタンも次々はずされていき、さすがにあせりながら彼の手を掴んだ。そして自分との温度差に驚く。奥田の手首はひどく熱い。

「あちーだろ」

「……あの」

「いまの俺とおまえの温度差、まんまなんだろうなって思うよ。だから早く抱きてえの」

掴んだ手を返され、逆に両手首を掴まれる。そしてそのままベッドに軽く突き飛ばされて、達巳はへたりこんだ。状況についていけない達巳のまえで、奥田はインナーごとセーターを脱ぎ去る。鍛えられ、引き締まった身体があらわになり、思わず目を逸らした。

「よくして、よがらせて、身体だけでも俺のもんにしてえの。ついてきたんだからもうぐずんのやめろよ」

「お、奥田……」

あっという間に全裸になった彼の股間は漲《みなぎ》っていた。堂々とそのまま近づかれ、達巳は身を縮めて目をつぶる。

「だからそういう、処女みたいな反応やめろ、逆効果だから」

「だっ、だって、こ、こんな、わっわっ」

うろたえ、ろくに身動きが取れないのをいいことに、ベルトをはずされファスナーをおろされ、ボトムも下着も靴下も、下半身のほうからさきに剥かれた。空気の冷たさにざっと鳥肌がたつ。それを見咎《みとが》め、奥田は目をすがめた。

「それ、キモいからじゃないよな?」

「違う、ほんとに寒い……」

「んじゃほら、さっさと脱いで布団はいって」

さきほど中途半端に脱がされかけたシャツをはだけられ、下着代わりのTシャツも奪われた。

ただおろおろしているばかりの達巳の身体を羽毛布団の上掛けのなかへと押しこみ、奥田も隣に滑りこんでくる。

（ちょっと、ほんとに、なんでこんな展開になってんだよ……）

茫然としている達巳の身体が、あたたかくなめらかなものに包まれる。奥田の長い脚が絡みついてきて、冷えた肌には痛いくらいの熱に全身が痺れた。

「すげえ、心臓、ばっくばく」

「わ、悪かっ……」

「違う、俺。ほら」

手のひらを、彼の左胸に添えられる。振動が激しい脈を伝えてきた。見あげた男の顔は、部屋の灯りが逆光となっているけれど、それでもわかるほどに赤らんでいる。

「まだ手ぇ冷たいな。もしかして、緊張してる？」

「あた、あたりまえ、だろ」

さっきからどれだけ言葉を噛んでいると思っているのか。この二年、いろいろ考え抜いたという奥田とは違い、達巳はさっきのいまでこの展開だ。心の準備もなにもあったものではないし、こんな状況でもいまだに現実感がない。

「急《せ》かして、ごめんな。でもさ、好きだからさ」

「お、俺……」

「達巳は、押したらいやだって言えない性格なのもわかってんだ。つけこんで悪いけど、ちんたらしてる余裕ねえから、とりあえず流されといて」

言葉のとおり、余裕のない口づけに襲われて、なにがなんだかわからないまま結局達巳は流された。

（なんか、だって、キスが……）

あまくて濃くて、こんな激しいキスをしたことなどいちどもない。唾液をすすり、舐め尽くされ、舌で脳までかきまわされているかのようだ。その間に大きな手のひらが身体中を撫でさすり、ちいさすぎていじりがいがないのではないかと思うのに、乳首を執拗《しつよう》にいじってくる。

「い、た……」

「ん、あんまよくない？」

わからない、とかぶりを振る達巳に、なぜか奥田は微笑《ほほえ》んだ。その理由がよくわからず、達巳は眉を寄せる。

「つ、つまんなくないか？」

「やばい、ほんとおまえ、かわいい」

経験の浅さがたたって、性感が未発達な身体のどこが「かわいい」のかよくわからない。ますます困った顔になっていると、眉間《みけん》の皺《しわ》に口づけた男は、鼻先をついばみ、唇に軽くキスを落とすと、指でいじっていた場所に吸いついた。

「うあっ」

　指を噛まれたときと同じ、熱すぎる感触にびくっとする。周辺の肉ごと噛んで、吸いあげた先端へと小刻みに弾くように舌がふれる。震えながら、くすぐったいような痒《かゆ》さに耐えていると、もじついていた脚の間にも手が差しこまれた。

「あ、あ、ちょっとっ」

「んん？」

「そ、そっちは……それ……え？　え？　お、おまえなにしてんの？」

　どうしてか、奥田の手はぬるついたものにまみれていた。その手で半勃ち状態だったペニスを激しくこすられ、否応《いやおう》なしに感じさせられる。

「なに、それ、な、あっ、えっ⁉」

「おまえ、ローション使ったことないの？」

「な、なくはないけど、でも」

　なんでそんなものを常備しているのかわからない。目をまわしながら問いかけると「自分で使うし」と彼はあっさり言った。

「じ、自分で⁉」

「あーうん。気持ちいいの好きだし。ここ二年はおまえのおかげで清い生活だったから、この歳でオナニー極めたわ」

どんどんぶつけられるエロ用語にくらくらして、達巳は枕に顔を埋める。赤くなった首筋を噛んだ男はくすくすと笑った。

「清純派だなあとは思ってたけど、ほんとにウブなのな、おまえ」

「いや、も……ちょっ……奥田がエロすぎっ……」

「ふつうだって。つうか、ほんとやべえ」

いったいなにがだ、と泣きそうになりながら股間を疼かせるぬるつきに耐えていると、もう片方の手が背中にまわり、尻を撫でてくる。ぎくっとこわばった身体をなだめるように腿《もも》を撫でられ、じっと顔を覗《のぞ》きこまれて、達巳はパニックになりかけた。

震えながら、やっぱり無理、と言いかけたのを察したように、唇で唇を塞《ふさ》がれる。「んん」と弱々しくもがいたところで聞いてくれる相手ではなく、数年ぶりに他人の指がふれた粘膜はすくみあがった。

「……痛くしない」

「でも……っ」

「いきなりやったりしないから、任せろって」

唇をあまく噛まれながら、何度も何度もなだめられた。言葉のとおり、たっぷりのローションを絡めた指は緊張がほどけるまでは撫でさするだけで、こわばりっぱなしのせいで疲れた筋肉がゆるんだ瞬間を迎えるまで、じっと待っていてくれた。

「んん……っ」

指が、むず痒いような感触と圧迫感をともなってはいりこんでくる。違和感があるのはコンドームを指にはめているせいだろう。潤《うるお》わせ、馴染《なじ》ませる動きは慎重でやさしく、これならば任せてもだいじょうぶか、と達巳は力を抜いた。

それでも、じっと顔を見られるのは恥ずかしくてたまらず、両腕で顔を覆う。無理に暴《あば》こうとはしないまま、肘《ひじ》や肩にキスを落とした奥田が問いかけてきた。

「あのさ。えらいびびってたけど、達巳って、よっぽど痛い経験あんの？」

「……まえに、ちょっと」

それこそ奥田を忘れたくて、彼にすこし似たタイプの男とつきあったことがあった。ペニスがでかいのが自慢で、セックスにもあまり思いやりがなく、当時はいつも痛い思いをしていた。そのせいか、達巳はあまりアナルセックスが好きではなく、大抵《たいてい》はペッティング止まりだったことまで、気づけば打ちあけさせられていた。

なんでこんなことまで白状しているのかと思いながらも、問われれば逆らえなかった。身体を預けると、心も預けたくなるせいだろうか。

（いや、逆か）

結局、奥田については信用しているのだ。恋心に関しては正直、きょうの急展開のおかげでいまひとつ信じきれていないけれども、彼は他人に乱暴を働く男でないことだけは知っている。

ひとに愛されているから、そのぶん、他人にもやさしくできる。

そういう彼だから、ずっと好きで——そばにいるだけでいいとあきらめるくらいに、好きだった。

「達巳、痛い？」

「え……平気、だけど」

「だっておまえ……」

言葉を濁した奥田に、なんだろう、と達巳は腕をあげた。そして目を覆っていた場所がぐっしょりと濡《ぬ》れていて、自分が泣いていたことに気がついた。

ぼんやりと自分の腕を眺めていると、奥田がそっと指を引き抜き、濡れたコンドームをはずすのが見える。大きな両手が、浅い息を繰り返していた腹部から胸をやさしくさすった。

「やっぱ、いやか？」

「……違うよ」

濡れた目で、達巳は微笑んだ。そして両手を伸ばすと、サインを見逃さず抱きしめてきた男の広い背中を抱き返す。

「俺、ほんとにあきらめたんだよ、奥田」

「……うん」

奥歯を軋《きし》らせたのが、ふれあった頬から伝わってきた。あきらめようと目を閉じかける彼に向けて、達巳は涙でくぐもった声を発する。

「でも、好きなのやめたことは、ないんだよ……」

はっとしたように奥田が身体を起こそうとする。しがみついて、濡れた目元を彼の肩へと押しつけた。

「あきらめるのはもう、ずっと、ずっと、最初からだった。好きになってもらうのも、おまえと、こういう……寝たりするのも、現実じゃなかったんだ」

「達巳、でもそれ」

「だから、すっごい怖いんだ。だってさ、月まで連れてくよって言われておまえ、すぐ信じられる？　無理だろ？」

話しながら、はらはらと涙はこぼれていく。

いま、こうして抱きしめられていても現実感はないままだ。あの居酒屋でキスをされて、いままでの数時間、夢のなかですら味わうこともできなかった彼のぬくもりや肌のにおいが、どうしてか信じられない。

思いがけなさすぎたし、唐突すぎた。いまでもからかわれているのではないかとか、タチの悪い冗談ではないかとすら思う。

「気づかないでくれりゃよかったのに。俺ぜったい、傷つくからいやなのに」

「傷つけたりとか、しねえよ？　俺」

戸惑うような奥田の言葉に唇を噛んで、達巳はかぶりを振った。

「奥田がするんじゃないんだ。俺が勝手に傷つくんだ。うまく言えないけど、いまも、すっごく……痛い。怖い。でも」

息が切れて、はふ、と胸をあえがせる。首筋に顔を埋めると、ガラムの残り香と彼のつけている香水のにおい、そして彼自身のにおいが混じって、うっとりと意識がかすみそうになる。

「気持ちよくなんか、なくてもいいから、抱いてほしい」

言ったとたん、ぐっと、奥田の背中の筋肉がこわばった。そして無言のまま、達巳の脚が抱えられ、両側へと開かれていく。

腰を持ちあげられ、腕をゆるめるしかなかった。潤んだ目をしばたたかせて見つめたさき、奥田はひどく機嫌の悪い顔をしている。ぎくりと、達巳の心臓がひずんだ。

「おく……」

「はじめるまえから終わらすなっつの」

「え、そういう意味じゃ」

「そういう意味だろが。ふざけんな。俺だって傷つくし、怖えんだよ」

熱いそれが押し当てられて、どうしても痛みにそなえた身体が身がまえる。窪んだ腹部を撫でた奥田は「ばか」と言った。

「月とかな、乙女なこと言って勝手に遠くすんなよ。近えだろ、ここにいるんだから」

「あっ、あ、あ……」

じっくりとほぐされたそこは、彼の硬直を受けいれた。押し開かれ、圧迫されていく感覚のすさまじさに、ざわりと達巳のうなじが粟立《あわだ》つ。

「距離とか、ねえだろ。おまえんなか……はいるんだから」

「あ、あ、あ……っ」

「もういい、そのかったい頭、ぶっ壊してやる」

「あう！」

強烈なものが奥までを一気に満たして、短く叫んだ達巳は背筋が弓なりになるほど仰《の》け反《ぞ》った。反射的に逃げかかる身体を押さえこまれてのしかかられ、さらにさきへと押しこむように腰を使われる。

「うお、やべ……」

うめいた奥田が顎をあげ、目を閉じたまま深く息をつく。体内にあるペニスがびくびくと脈打ち、ますます硬くなったのを感じて達巳は胸があまく疼くのを感じた。

「き、気持ちいい？　奥田」

「やべえって。まずいからちょっ、しゃべるの待って。なんだこれ……」

奥田はぶるぶるとかぶりを振る。乱れた髪の隙間《すきま》からじっと、まるで睨むように見つめられ、心臓がばくばくと高鳴った。奥田の欲情しきった目、そんなものをはじめて見た。

「だからさ、やばいっつってんだろ、達巳。その顔エロいって」

「え……?」

「え、じゃねえよ。んな、嬉しそうな顔すんな。顔だけでいくっつー……のっ」

言葉の途中でいきなり腰を動かされ、達巳はひゅっと息を呑んだ。まだ硬さの残る身体を気遣ってか、大きく抜き差しすることはなかったけれど、小刻みに揺らしながら達巳のペニスへとまたローションをかけ、ぬるぬるといじられる。

「あっ、あっそれ、それっ……やめ、やっやっ」

「やめねえよ。言っただろ、気持ちよくするって。つか達巳、刺激に弱すぎ」

手のひらで包むようにされながら先端をいじられると、勝手に腰が跳ねてしまう。奥田がほとんど動いたりしなくても、卑猥《ひわい》に揺れる身体のせいで内部は複雑に刺激された。しかもこのぬるつきに弱いことを察したのか、もう片方の手のひらにもローションを垂らした奥田は胸のうえまでマッサージするようにいじってくる。

「これ、どう?」

「ほ、ほんとにやめっ、あああ、ああっ!」

すべりのいい指で乳首を素早く弾かれ、同時にペニスのさきを揉《も》むようにされて、達巳の腰がシーツから完全に浮きあがった。がくがくと揺れる身体の奥が勝手に奥田を頬張り、まるで握りしめるかのように締めつけてしまう。

「ああ、ちょっと、感触変わってきた……っうわ、うねる」

奥田が口走り、達巳は全身を赤く染める。奥まで入りこまれたまま、彼はずっと大きなものを押しつけている以外——達巳があまりに腰を動かすので——これといって動こうとはしなかったのだけれど、思わず、と言ったように一度、突きあげられる。

「あぁあっ、あん!」

うわずった悲鳴は、どこからどう聞いても濡れきったあまいあえぎだった。はっとして達巳が口を手で覆うと、すこし驚いた顔をした奥田が、ややあってにやりと笑う。

「ああ、そ。これか……これな?」

「あっ!　あっいや、そ、それ、しながら、ああ、あああ!」

「やじゃないだろ、くそ。もうここ、吸いついてきてんじゃん……っ」

一度声がでてしまうと、もう止められなかった。そして暴かれた性感もまたおなじくで、快楽に対する回路ができてしまったかのように、それからはなにをされても感じ、乱れた。

様子見をするように揺らしていた腰を、奥田は大胆に打ちこむようになった。すべりが足りないと、途中で結合部にローションをぶちまけるような粗雑な真似をして、そんなやりかたすら淫《みだ》らに思え、達巳はしゃくりあげながら犯される快感に酔った。

「な、いい?　達巳、気持ちいい?」

「んっ、んっ」

「ん、じゃわかんねえから言って?」

「いっ、いい、気持ちい……っうあ、あぁっ、んんっ……やだ、やだぁ」

どこからでるんだ、というくらいにあまったれた声がでて、恥ずかしくてたまらなかった。なのに声を我慢しようとするたび、奥田はわざと腰を打ちこんでくる。尻をたたくような激しいそれすら痛みはなく、乳首を両方つねられたままめちゃくちゃに揺すられたときには、舌足らずな声で「ゆるして、ゆるして」と哀願していた。

「だめ、許さない。達巳がセックス大好きって言うまでやめない」

「い、言うわけないだろっ……あゃっ、やだそれ、やっやっ」

逆らうと、今度はペニスの根元ごとぐしょぐしょに濡らされたまま手のひらで揉み転がされ、次には両手を使って過敏な会陰の部分と先端だけを執拗にいじられた。

「あっ、で、でるでるっ、でるぅっ」

「いいよ、だして。でも休憩なし、な?」

「い、やぁあ、あああ!」

強引に射精させられたあとも、律動はやまなかった。今夜、ぜったいに挿入だけでいくようにしてやるとか怖いことを言われて、暴れて逆らおうとすると呼吸ができなくなるまでキスでいじめられた。

(もう、やだ、なんか、へん、おかしい……あああ、あああ!)

しまいにはろくにあえぐことすらできなくなり、放心状態のまま奥田の言葉を鸚鵡返《おうむがえ》しにするばかりになった。腰からしたがもうばかになって、すくなくとも身体の半分は、奥田のものにされてしまったと思う。

いやらしいこともたくさん、言わされた。恥ずかしいことも。好きだとか、愛してるとか、繰り返し繰り返し、まるで洗脳するかのように。

二度ほど達巳のなかで達した彼は、インターバルの時間すら惜しむように舌で肌を撫でまわし、驚いたことに汚れた股間までやさしく舐めた。

そして気持ちがよかった。体位を三度変えられ、二度目の射精がすぎたあたりから、達巳の理性は完全に壊れてしまって、ベッドに這《は》った状態で腰だけをあげ、いいように内部を犯されながらべとべとになったシーツへと自分のペニスをこすりつけるような真似までした。

「んあっ、あっ、あっ……いい、いー……っ」

「いい？　達巳、もっとしたい？」

もどかしく揺れていた屹立《きつりつ》を手に包まれ、熱い感触にほっとしながら「うん、うん……」と何度もうなずく。うなじを噛んだまま突かれると、脳まであまい衝撃が走ってぼうっとなった。

「俺のこと好き？　セックスも好きだよな？」

「すき、あ、あ、すき、すきっ」

「んじゃつきあうよな。きょうから、俺のだから。な？」

「んー……っふ、う、うう」

しばらく答えずにいると、じわじわと熱いものが抜かれていく。こんな脅《おど》しに屈したくはないのに、もう抜け落ちる、というところで我慢できなくなり、達巳は振り返った。

「おまえ、の、おまえのだから、だからっ……」

「……よし」

一気に埋められたものの逞《たくま》しさに声をなくし、シーツを握りしめたままぶるぶると達巳は震える。

気持ちいい、よすぎて、もうなにもわからない。

肺が苦しくて、酸素が足りない。けれどやめたくない。こんな心地よさは味わったこともなく、またこんなに幸せだったこともなかった。

けれど快楽よりなにより、いたぶるようなことを言う奥田が、絶対に逃がさないとこの身体を抱きしめ、何度もささやく言葉によって、きっと脳内の麻薬物質が分泌されていたのだと思う。

「達巳、俺の……俺のだから。すげえ、いいよ。すげえかわいい、すげえ、好き……」

髪を撫で、頬をついばみ、どんな体勢でまじわってもキスをされた。舌を吸って、言葉も吐息もなにもかも食べ尽くしたいというような執拗なそれに、心を食べられている気がした。

「もう、も……無理、も……っ」

「じゃ、次いったら、寝かしてやる。達巳、きゅってして」

教えこまれた言葉に従い、彼を含まされた場所を力のはいらない身体で締めつける。ふっと満足げに息をついた奥田が、軽く達巳のペニスに手を添えたまま激しく小刻みに突いてきた。振動でこすれるだけでも充分すぎるほどの愛撫《あいぶ》になり、目を瞠ったまま仰け反って達巳は叫ぶ。

「うぁん、あっ、あっ、あっ、あっ！　も、いくっいくっ！　いって、い、いい？」

「ん……いいよ、いきな」

「ふう、う、んんん……！」

がくんがくんと、全身が軋むように揺れてはじけた。奥田の手を濡らすものはもうわずかにしかなく、けれど快楽はいままでの比ではなく深い。放出するよりも、内側にどんどん引きこむような猛烈な快感に、達巳は意識が遠くなっていった。

そして完全に落ちる間際、閉じた瞼《まぶた》に口づけた奥田がやさしくなにかをささやくのが聞こえた気がしたけれど、達巳の五感はすべて、落ちてしまった。

＊　　＊　　＊

翌日のコンディションは、当然ながらズタボロだった。

まともに立っているのもやっと、という状況のおかげで、撤収からはほかのスタッフに任せていいと言われた達巳は、その日の日付が変わるころには、帰ることを許された。

しょっちゅう壁に寄りかかってはため息をついている達巳の姿に、さしもの鬼社長も思うところがあったらしく「今後はすこし人員を増やしてローテーションをゆるめる」とまで言いだしたほどだ。

「あれって本気かね」

「さあ」

朝起きてから、ずっと仏頂面で対応しているというのに、奥田はまったく懲りた様子も反省もみせず、けろりとしたまま何度も話しかけてくる。仕事中とあって無視もできずに、どうにかすべての仕事を片づけた達巳は帰り支度をはじめた。

「まだ怒ってんのか？」

奥田の言葉には応えず、達巳は無言でサイズのあわないジャケットを羽織った。

あれだけめちゃくちゃな夜をすごしたあと、半日腰が立たなかったせいで、着替えのために家に戻ることができなかったのだ。おかげでこの日の達巳はいつものスーツではなく、彼の服のなかでも比較的ちいさめのサイズのものを借りて一日をすごすことになっていた。

この日はライブイベントで、さほど形式張るものではなかったからよかったものの、ふだんはかっちりしたスーツ姿の達巳がいったいどうした、と、ほかのスタッフらに見られていたのは非常に気まずかった。

「なあってば。怒ってるなら怒ってるって言えよ」

「べつに怒ってない」

「んじゃなんで返事しねえの」

したくないからだ、と言って聞いてくれる相手ではない。渋々と振り返り奥田を見ると、顔をしかめたままこちらをずっと見つめている。

「怒ってない。ただ、もう、怠《だる》い」

「だよな、悪い」

まるっきり悪いと思っていなさそうな顔で言われても、どうしたらいいものか。脱力感を覚えた達巳がため息をつくと、力のはいらない身体をいきなり抱きしめられた。

「ちょっ……ま、まだひとが、残って」

「うん」

生返事をした奥田は、達巳の髪に顔を埋めて息を吸った。

「俺とおんなじにおい」

悦に入ったような声に赤くなった達巳がもがいても、奥田はちっとも離そうとしない。

「奥田、困る、ほんとに……」

「うん？　なんで？　だってまだこれからだろ」

「え？」

意味がわからずに腕のなかから見あげると、なにかを企むような顔で奥田が笑っている。

「あしたは休みだし、きょうはゆっくりできるよな」

「え、うん……」

「ちゃんと連れて帰るから、安心していいから」

含みのある言葉の意味をようやく察して、ぞっと達巳の背中が冷たくなった。

「い、いや、きょうはもう、し、しない」

「いや、するよ」

「無茶しないって言っただろっ！」

「してねえじゃん、ちゃんと一日動けただろ。怪我もさせてねえし」

いやそういうことではなく、と達巳はかぶりを振った。全身の怠さと無気力感、そしてあちこちの筋肉痛や関節痛はかなりひどいのだ。おかげで抵抗するにも力はでず、弱くもがいた首筋に唇を押し当てられても逃げられない。

「んじゃ、好きになった？」

「おま、ゆうべ、あんだけ言わせて……っ」

「あんなの本気かわかんねえし。エロいことしてわけわかんなくして、無理やり言わせただけだろ」

予想外に真剣な声で言われ、はっとなる。至近距離で見つめた奥田は、まだ目のなかにあの情欲と熱情を持ったままだ。

手首を掴まれて、きのうと同じように口づけられる。指を舐められ、噛まれる。けれど感じかたはきのうの比ではない。同じ動作を、どこにどのようにされたのか、達巳の身体はもう覚えてしまった。

「でもすげえ、かわいかった」

「やめ……」

「もっと俺のにしたい」

じっと見つめられながら、指の股をちらりと舐められる。もうくたくたに疲れているし、身体じゅうあちこちが軋んでいるようで、なのに近づいてくる唇から逃げられない。

「達巳、早く落ちろよ」

「や……」

最後まで言わせずに、舌が声を絡めとる。やわらかにしなった身体が抵抗もせずにいるのをわかっているのかいないのか、痛いほど抱きしめてくる奥田の体温は、やはり高い。

(もう、とっくに落ちたのに)

あきらめていたすべてを強引に与えて植えつけておいて、まだわからないのかとなじりたい。なのにあまく絡む、ガラムのにおいと愉悦《ゆえつ》の舌が達巳の言葉を封じてしまう。

「んん……っ」

キスをやめてくれさえすれば、ちゃんと言えるのに。十一年かけてゆっくり殺してきた恋を、たったひと晩でよみがえらせた男に、愛していると言えるのに。

そう思いながら、達巳は震える腿の間に長い脚を挟み、ぎゅっと締めつけたまま彼の舌を吸った。応じたことに気づいた奥田は、ゆうべさんざん揉み撫でた尻を掴んで自分へとさらに引き寄せる。

火がついた官能に、どちらからともなく口を閉ざして、連れだったまま向かうさきはゆうべと同じ場所だ。

言葉はもうしばらく役立たずのまま、奥田の胸を焦《こ》がし、達巳の喉を震わせる。

餓えが満ちてようやく、あまい告白をつむぐのは、もうすこしさきになりそうだ。

END

恋々-renren-

年末といえばカウントダウンライブ。

有名アイドルを招くほどの大規模なものではないが、クラブ系ミュージシャンを招いての大晦日から元旦にかけての深夜イベントは、真冬だというのに熱気あふれるものになっていた。

そろそろ深夜零時が近づき、大盛りあがりになっている会場から抜けだした奥田時彦《おくだときひこ》は、クラブの入口でこそこそと携帯をいじっていた。

Toki_oku @Tatsumi_Hashida ぼちぼちこっちはクライマックス。疲れた。そっちどうよ?

Tatsumi_Hashida @Toki_oku 事務処理は終了。もう会社はでて、いま移動中。

Toki_oku @Tatsumi_Hashida 終わったら、俺んちこないか?

Tatsumi_Hashida @Toki_oku 撤収もあるだろ。ばか言うな。

Toki_oku @Tatsumi_Hashida なんだよ、冷てえ……。

Tatsumi_Hashida @Toki_oku おまえんちいったら、また徹夜で飲みじゃないか。無理。


ツイッターの画面を見て、奥田は思わず苦笑する。

（飲みだけじゃねえだろが）

ついさきごろ——十二月二十四日のクリスマスイブに思いを遂げたばかりの相手、橋田達巳《はしだたつみ》からのリプライは大変そっけない。

「アイコンも卵のまんまだしなあ」

自分たちの恋愛もまた、この卵のようなものだろう、と奥田は苦笑する。

知りあってからは十一年、お互いを片思いした時期が完全に行き違っていた状態に行きづまり、すでに恋をあきらめた達巳を強引にものにしてから一週間弱。

強気で迫って、身体だけはめろめろにしてみたものの、ふだんの達巳は相変わらずすました顔でそっけない。

Tatsumi_Hashida 現在移動中。到着次第、手伝いにまわります。

66DLion @Tatsumi_Hashida お疲れさん。よろしく頼むわ

Tatsumi_Hashida @66DLion 社長、ツイッターとかいいから、さっさと決済書類すませてください！ それといまタクシー乗ったんで。きちんと、現場の進行指示お願いします。

更新された画面のなかでは、本社待機の社長と達巳のやりとりがあった。むろん、社外秘の連絡についてはふつうにメールや電話だが、新興ベンチャー企業のゆるゆる加減を物語り、連絡関係はこういうツールを使うことも多い。

自分に対してはひたすら事務的な短文なのに、宍戸《しど》には遠慮会釈もないツッコミにくわえ、怒り顔の絵文字まで使われていた。

（つれねえよな、くそ）

かつては、あんなにも熱心に自分を見ていたクセにと、すこしだけ恨みがましく思う。

大学時代、振り返ればいつも、彼が見つめていることに気づいたのはいつのころだったろう。

当時の奥田は、それこそ切れ目なく彼女がいたし、信頼のできる相手だからこそ、彼の目の奥にある熱量に気づかないふりをするしかなかった。

それでもずっと、気になってはいたのだ。

男にしてはもったいないほどきれいな顔で、なにごとにもそつがなく、まじめで穏やかで、物静かな達巳。イベントサークルがまわっているのは、当時の部長であり現社長である宍戸のカリスマ性もあったけれど、達巳の完璧な事務処理能力があってこそだと、誰もが知っていた。

不可抗力でゲイだとばれたあとにも、これといって差別的な物言いをする人間がいなかったのは、達巳の人間性が皆に知られていて、セクシャリティとは関係なく、慕《した》われていたからだ。

そんな人間に惚れられて、気分が悪いわけもなかった。むしろ優越感にも似たものを持っていて――なんの根拠もなく、それがずっと続くものだとうぬぼれていた。

だからこそ三年まえ、ふと、達巳が自分を見ていないことに気づいたときの驚きと焦燥《しょうそう》感は大きかった。

背中に感じていた視線が消えて、ひどくそれが寒い気がして、横にいた彼女すら見失うほどにさみしくなって。

悶々《もんもん》と考えているうちに彼女にふられ、あらためて自分の気持ちを見なおしたあと恋に気づいたけれども、いまさら達巳に対し、どうアプローチすればいいかすらわからず、無駄に二年以上をすごした。

色恋関係について、まったくにおわせることのない彼を、奥田にしては長いことじっと見守っていたけれど、社長との噂が立って、矢も楯《たて》もたまらずに追及したあげく、フリーと知って舞いあがり——しかし、思いきっての告白に対して達巳は、冷静そのものだった。

——そもそも俺、おまえとどうこうなろうって思ったことは一度もないけど？

乾いた嗤《わら》いを浮かべての言葉は、かなりショックだった。そう簡単にあきらめるなよと詰め寄って、結局は力押しで手のなかにしたけれども、はっきりした答えはいまだ、もらえていない。

それもこれも、クリスマスから三日間、休みをいいことにやりまくった奥田の即物的なやりくちに達巳が完全に怒ってしまったからだ。

好きだと言え、愛していると言え。どろどろになるセックスで陥落させ引きずりだした言葉など、なんの意味もない。

むしろ、やるまえよりもずっと距離を置かれている気すらする。

「どうしたもんかね……」

つぶやいたとたん、わあっと会場からの歓声が聞こえてきた。どこかでかすかに、花火の音もする。

新しい年がくる。クリスマスに膠着《こうちゃく》状態を抜け、もう一歩踏みだしたはずなのに煮え切らないままだった年末。なにかを、変えられるだろうか。

もっと素直に、愛を打ちあければいいのだろうか。どんな言葉で口説かれるのが好みなのだろう。キスもセックスも、やりすぎだと怒るくらいにぶつけるだけぶつけ、奪うだけ奪ったけれども、身体先行のそれに信頼度が薄まったのだろうか。

66DLion ぼちぼちくるかー？

Toki_oku おー、カウントダウンすね

66DLion 五秒まえ！

Toki_oku よーん！

66DLion やべえツイッター重い

Tatsumi_Hashida @66DLion おい、社長も奥田も仕事しろ！

現場にでられない宍戸はフラストレーションがたまっているのか、ひとりで頻繁《ひんぱん》につぶやいている。達巳のツッコミに苦笑しつつ、「さーん」とつぶやきながらまた入力する。
だが、画面がなかなか更新しなくなってきた。

66DLion あけた！　おめ！

Toki_oku おめ！

どっと会場が沸いた音が防音扉越しに聞こえた。そしてそのとたん、ツイッターが異様に重たくなり、まったく動きがなくなってしまう。何度か操作した奥田は、ようやく更新された画面の自分の発言を見た。

Toki_oku だめかなこりゃ

何度か入力したはずの言葉もろくに反映されず、大量送信されているデータの海に溺《おぼ》れていってしまったようだ。

「完全にクジラかなー」

いっこうに動かない画面で更新ボタンを連打していたが、ふと、届かない言葉ならば、言いたいことを言ってしまってもいい気がした。

――あけおめ。見えないかもだから、この機会に乗じて告白テロ

――あのさ、俺マジでおまえのこと好きなのね

――クリスマス、いきなり迫ったのは悪かったんだけど、あれからめっちゃ冷たくない？

――酒とかのせいじゃなくて、マジでおまえ、俺のことどう思ってんのかな

――なあ、俺のこと好きだろ。ちゃんとつきあってくんねえかな

――とか言ってもどうせこれ届かねえんだろな。

画面更新も確認せず、タイムラインにぞろぞろ流れるハッピーニューイヤーにまみれ、クジラの腹に呑みこまれていくだけの言葉をひたすら打ちこんだ。

数分間、不毛な告白を垂れ流していた奥田は、ぴくりともしなかった画面がいきなり更新したあと、「うえっ」と妙な声をあげる。

66DLion @Toki_oku おまえ、なに全世界に向けて愛を叫んでるのよ（笑）

Toki_oku @66DLion え？

66DLion @Toki_oku え？　じゃねーよ。自分のＴＬ見てみろや！

あわてて画面の更新ボタンを押し、あらためてスクロールしたところで、奥田は「げっ」と呻《うめ》いた。
さきほど、どうせ投稿されまいと思いこんで入力した一連の告白がすべて、画面に流れているのだ。
「まじでか！　なんで反映してんの！」
冷や汗を流しながらわめいたところで、最新のつぶやきが更新された。

66DLion @Toki_oku まあ、おまえらの様子おかしい理由はわかったわ。いまのうちに掃除……しても無駄か。みんな見ただろうな

Gunn @Toki_oku ちょ！　奥田さん、だ・い・た・ん‼（爆笑）

yumizo @Toki_oku やらかしよった……ワールドワイド公開告白キタコレ！

kentaro @Toki_oku @Tatsumi_Hashida マジで！ えー、マジで⁉

sinano_0909 @Tatsumi_Hashida 達巳さん、どうなんすか（笑） 奥田さんアホなんすか（笑）

会社関係の連中がどっとよこしたリプライの嵐に、奥田はさらに青ざめる。

「うわ、うっそ……」

ぼやいたとたん、背後から、どん、という衝撃を受けた。痛みを覚え、あわてて振り返ったそこには、タクシーを降りてきたばかりで真っ赤な顔をした達巳が、携帯を片手に目をつりあげている。

「おま、おまっ……なに、考えてんだ！」

わなわなと震える達巳に殴りかかられ、「ごめん、いやだってクジラが！」と叫んだけれど、彼は聞いている様子もない。

「ばかじゃないのか！ なんでタイムラインに乗せるんだよ、ていうかおまえのフォロワー何人だよ！」

ぼかすかと殴ってくる彼の拳をどうにかよけつつ、奥田は記憶を探った。学生時代からの友人、趣味関係、仕事関係……ネタツイートをするせいで、このところフォロワーは増えに増えていた。あれこれ含め、先日確認した際のフォロワーは。

「え、えっと、たしか八百人くらい？」

「ああああああ……」

よろけた達巳は、奥田の襟首を掴んだままがっくりとうなだれた。細いうなじも耳も、寒さのせいだけでなく真っ赤だ。

「いや、あの、@つけてるし、同時にフォローしてる人間じゃなきゃ見られないと」

「ＲＴしたやつだっているんだよ、ばか！」

見てみろ、とつきつけられたツイッターの画面では、奥田のそれをおもしろがった連中が、恥ずかしい告白を公式、非公式含めて引用しまくっているのが見えた。

kentaro チーフ（笑）ロマンチックすぎ！（笑）RT Toki_oku @Tatsumi_Hashida なあ、俺のこと好きだろ。ちゃんとつきあってくんねえかな。

「あー……」

「あー、じゃないだろ！　ほんとに、なんで、もう……ばか！」

どん、と拳で胸を殴られ、かなり痛かった。けれどその両手を掴み、奥田はつぶやく。

「しょうがねえじゃん」

「なにがだ！」

「だっておまえ、あれっきりはぐらかしただろ。答え、ちゃんとくれねえの？」

ぐっと唇を噛んで、達巳は目を逸らした。掴まれた手を離させようともがくけれども、そう簡単に許してはやれない。

「なあ、達巳。おまえ、流されただけじゃないだろ」

「……それは」

「それは？」

また彼はうつむいた。そして何度か息を深くしたあとに「わかるだろ」とちいさな声でつぶやく。

「わかんねえよ。ちゃんと言ってくれよ。わけわかんなくなったとか、そういう言い訳、なしにしてさ」

泣きそうな顔をしている達巳が可哀想にも思えたけれど、元来奥田は気が長いほうではない。二年以上、悶々としながらもこらえられたのは奇跡的なほどで、その反動でいま焦《あせ》りまくっているのは自覚もしている、それでも。

「なあ？　だめか？　……きらいか？」

そっと、声を弱くしてうかがうと、はっとしたように達巳が顔をあげた。そして彼は、涙目のままようやく言った。

「俺が、簡単にやらせるやつだとか、思ってるのか」

「達巳……」

「ああいうこと許した段階で、ただ流されただけじゃないって気づけよ。……ちゃんと、あの日も、その次の日も、おまえの家にいったただろ」

それでわかれと言われたけれど、言質《げんち》が欲しい奥田はじっと黙ったまま目を見つめる。困り果てたような顔をした達巳は、何度も口を開閉させたあとで、やっと声にした。

「すき、だよ」

「つきあう?」

「つきあうよ!」

やけくそのように叫んだ細い身体を、奥田は「よっしゃあ!」と声をあげて抱きしめた。腕を振りまわしてあわてている達巳にかまわず、ぎゅうぎゅうと腕に力をこめる。

「好きだよ、達巳」

「もう、聞いた……」

消え入りそうな声でつぶやく達巳の身体が熱い。ようやく同じ温度に追いついたと悦に入っていた奥田は、はたと視線を感じて顔をあげる。

にやにやしながら、会社のスタッフ連中が携帯を掲げている。開きっぱなしだったツイッターの画面を見つめ、奥田は叫んだ。

「写真アップだけはやめろよ！」

はたしてそれが間に合ったかどうかは、数秒後の画面を見るまでわからない。

ただ、意味不明の奇声を発した達巳の拳が振りあげられ、年明け早々できたばかりの恋人と修羅場を迎える奥田の新年は、波乱含みのスタートとなったのだった。

END

得恋-tokuren-

――はじまりは大学一年。

橋田達巳《はしだたつみ》が、奥田時彦《おくだときひこ》と出会った瞬間は、忘れがたい。

なにしろそのとき奥田は、入学したばかりの大学の、サークル棟の部室で、服を乱れさせた女の子の胸を卑猥に揉んでいたからだ。

ドアを開けて、二秒。「きゃあああ！」という見事な悲鳴があがり、豊満な胸をさらしていた彼女がすごい勢いで持ちあがっていたブラを引き下げ、シャツを直し、飛ぶように部屋をでていった。

あとに残されたのは、なんとも気まずい空気と、ぽかんとした顔の男がふたり。

「悪い、じゃました」

「や……うん」

それがふたりの交わした最初の会話で、ややあって正気になったのは奥田がさきだった。

「えーっと、サークルのひと?」

「あ、なんか、高校の先輩に、ここきてくれって言われて」

「じゃ新入生か。俺も俺も」

首筋にはルージュのあと、まえを開いたシャツも直さないまま、まるっきり邪気のない顔で笑いかけてきた奥田に、達巳は目の奥がなぜだかちかちかするのを感じた。

背が高くて、軽薄そうで、けれどなんともいえない愛嬌のある男前。正直、ルックスだけならば達巳の好みにばっちりはまっている。

けれど、ない。これはない。あきれと生理的な不快感をこらえて息をつく達巳に気づかないのか、奥田はにっこり笑ってみせる。

「経済学部、奥田時彦、よろしくな」

「……法学部、橋田達巳」

差しだされた手を握る気にはなれず、なんとなくしかめつらで自己紹介する。宙に浮いた手を「なんで?」という顔で振ってみせる奥田に、達巳はため息をついた。

「悪いんだけど、さっきまでアレコレしてた手はちょっと……」

「あ、そゆこと? ってもまだおっぱい揉んだだけで、汚れるようなことしてねえけど」

「それより、股間どうにかしたほうがいいんじゃないのか?」

「あー」

乱れたシャツがかぶさってはいても、盛りあがったそこはごまかしきれていない。指摘した達巳は大変に気まずかったのだが、奥田はあっけらかんと笑った。

「ま、そのうち引っこむだろ。気にすんな！」

「気にするだろ！　ってか、入部初日で女連れこんでんじゃねえよ、このあほが！」

手にしていたテキストケースを思いきりぶん投げ、見事に奥田の顔にヒットする。

おそらくこの男とは、死んでも仲よくなどなれない。できれば二度と会いたくない。

そう思うくらい、奥田という男に対して達巳の持った、第一印象は最悪だった。

「それがどうして、こうなったんだかなあ……」

「うん？　あ、もう飯できるぞ」

暢気な鼻歌を歌いながらフライパンを振るう男は、達巳の複雑かつ微妙なつぶやきにも気づいた様子はない。

イベンターという仕事の特性上、奥田と達巳の休みはカレンダーどおりとはいかない。ひとを集める催しというのは大抵休日に集中するため、それぞれスケジュールが空いたところで休みを申請することになっている。

おかげで、ふたり揃っての休み、しかも連休というのはとてもめずらしく貴重だ。

その貴重な時間を、恋人らしくすごしたいと言われて、いささかどころでなく照れながら、達巳は彼の家へと泊まりにきていた。

もうだいぶ通い慣れたマンション、リビングのソファは奥田こだわりのチェスターフィールド、二シーター。見た目も座り心地も最高の逸品は「一点豪華主義」と言い張る男がローンで購入したものだ。

その豪華ソファにだらしなく横たわり、長い脚を組んだ達巳はため息をつく。

昨晩もいいようにされた腰が重だるい。ちらりと視線を送ったさきは、天井からつるしたカーテンがわりの布と木製のパーティションで仕切られただけの寝室だ。間取りが広いほうが好きな奥田は、2LDKの部屋の引き戸をすべてとっぱらい、リビングと寝室、書斎のすべての部屋がひとつにつながるようにレイアウトしてしまっている。

はじめて彼の部屋を訪れたときの感想は「女の好きそうな部屋」だった。じっさい連れこむと百発百中だ、などと言っていた記憶までよみがえり、達巳はむすりと顔を歪める。

とはいえ、当時とは住んでいたマンション自体も、間取りも部屋の雰囲気も、なにもかもが違う。女を変えるたびに部屋のディスプレイまで一新するのが奥田の主義らしく、いまのコーディネイトは三年ほどまえ、同棲していた彼女と別れたあとからのもの、だそうだ。

ちなみに、麻の仕切り布やパーティションの雰囲気は、このソファにあわせたもので――ついでにいうと奥田曰く「達巳の好きそうな感じ」を基準に揃えたらしい。

おかげでまんまと、居心地がよい。それがどうにも複雑だ。

つぎにこの部屋の内装が変わる日は、いつなのだろうと思ってしまうからかもしれない。

「なにぶさいくな顔してんだよ。ほら、飯」

「……なんでも」

もそりと起きあがって、ソファまえのガラス製のローテーブルに置かれた皿を眺める。目玉焼きがのっかった、シーフードがごろごろとはいった奥田特製のナシゴレンふうチャーハン。大振りの皿の横には味つけされたトマトとタマネギ、アイスプラントのサラダ。

「ほんっと、おまえ、女にモテるためのスキルだけは完璧に身につけてるよな……」

「ふつうに、うまそうとかって感想ねえの」

しみじみ達巳がつぶやくと、奥田が苦笑する。「いやうまそうだけど」と言い添えて、これまたおしゃれな木製のスプーンを手にとり、いただきますと拝んだ。

口に運ぶと、ぴりっとしたすっぱからい味つけの米にシーフードがよくあう。エビやイカもぷりぷりで、噛みしめるたびにいい弾力が歯に伝わった。

「うまいけど、シーフード、これ生？」

おおきな口でばくりとスプーンをくわえた奥田が「んや冷凍」とすこしこもった声で答える。

「まじで？　それにしちゃ、歯触りすかすかしないな。くさみもないし」

「解凍するコツがあんだよ。海水と同じ濃度の塩水につける。夏場なら十分でＯＫ」

目玉焼きを崩すと、半熟の黄身がとろりとあふれる。白身とライスをいっしょにすくって口にいれれば、マイルドになった味わいがこれまたうまい。サラダの味つけも、ちょっとエスニックな風味の醤油ベース。ほんのわずか香るのはごま油だろうか。この料理を作った男のおかげで疲れた身体にせっせとエネルギーを与えながら、達巳は首をかしげた。

「ていうかいつからだっけ、奥田が自炊するようになったの」

「あ？　覚えてねえけどなんで？」

「学生時代はほとんど作れなかっただろ」

そうだったかな、と眉をひそめる奥田を横目に眺め、「そうだよ」と達巳は唇を歪める。

「おかげで大学の学園祭、エライ目にあったじゃないか」

「え、あー……ああ！」

思いだした、というように目をまるくした奥田は、本当にろくに覚えていなかったらしい。

ほろ苦く笑って、達巳は目を伏せた。

大学二年の秋、あの顚末があったからこそ、最悪だと思った相手を好きになったのに。

――変化は大学二年の秋。


大学のイベントサークルは、お祭りごとでその本領を発揮する。

まずは、盛りあげるためにライブやパフォーマンスをするゲストの誘致、その交渉。それから特設ステージの設置とスケジュール、予想動員に対しての誘導・整理人員の手配。

むろん、裏方となるサークルスタッフは目がまわるような忙しさを余儀なくされる。しかもしょせんはプロではない学生のやることで、監督役を仰せつかった達巳は事前の段階からずいぶんな忙しさだった。

――橋田さん、テントの設営許可、もらえてません。

――達巳先輩、タイムスケジュールがこっちのプリントされた書類とパソコンにはいってるデータと、あわないいんですけど?

——当日の警備スタッフ、人数が足りません！

後輩たちから問題を持ちこまれるたび、学祭委員会へかけあって許可をとり、スケジュールのずれを見なおして全員に通達しなおし、足りない人員は手を尽くしてかき集め、むろんプロのミュージシャンを呼ぶ関係上、外部のイベント業者へも各種の手配を依頼する。

実務関係だけでも、およそ数週間にわたって走りまわった準備期間。どれだけ漏れがないようにと目をくばったところで、なにかしらのミスはでる。

それでも最低限、ゲスト出演者への気配りだけは重々注意するように、と言っておいたのに、いよいよ当日の朝になって、最悪の事態が起きたのだ。

「ケータリングがこない⁉」

「はい、あの、発注かけたはずだったんですけど」

おろおろした顔の後輩女子は、この日出演する人気ミュージシャンの世話係だった。

スタッフ用の控え室となっているテントは、十一月の外気温そのままに涼しい。そのなかで、達巳は全身から冷や汗がでるのを感じた。

ライブパフォーマンスは大学祭の目玉とも言えて、集客率のもっとも高いだしもののひとつだ。サークル長である宍戸が、どこでどういうツテを使ったものか、オリコンチャートでも上位に毎回はいる男性デュオをゲスト誘致してきた。トークショーとミニライブのチケットは早々に完売し、動員数も三〇〇〇人を越えるとあって、大学構内に設置されたメインステージを使うことになっていた。

むろん、ミュージシャンの所属事務所や広告代理店、イベンターなども絡んでの大がかりな仕掛けであるのだが、ステージに隣接した校舎内の空き教室を使って楽屋を準備し、そこからステージまでの通路はすべてブルーシートで覆って外から見えなくするなど、いろいろと気を遣ってはいた。

とくに気をつけたのは、今回呼んだミュージシャンらが、一部の食べ物にアレルギーのあるベジタリアンであることだった。へたな差し入れなどは却って迷惑になる、かといってなにも用意しないわけには――と考え、ベジタリアン対応のできる近隣のデリバリーショップに、軽食を頼んでおいたはずだった。

「はず、じゃないだろう。ちゃんと連絡いれておいたのか？」

「ファ、ファックスしたはずです、って担当の子が言うんですけど、お店に聞いたら、そんなの受けてないって……」

おそらく、回線トラブルかなにかが起きたのだろうと推測されたが、確認の電話もいれていなかったのか、と達巳は頭を抱えた。

耳につけたスタッフ連絡用のインカムにはひっきりなしに通信がはいり、気が休まる暇はまるでなく、そのうえこのトラブルだ。フリーズしかかる頭を振って、目のまえの彼女に問いかける。

「いまから頼めないか聞いた？」

「それが……アレルギー対応の場合、キッチンもぜんぶ掃除して、それ専用にしないといけないし、いまからじゃそんなことできないって」

こまやかな対応をしてくれる店として評判ではあるのだが、それゆえに、特定のアレルゲンについて調理以前の部分も徹底しているそうだ。本日はすでに通常営業をはじめていて、今回のミュージシャンがアレルギーを持っている小麦粉などを使った調理もしているという。

「おまけに、あの、事前にこちらで軽食は用意するから、って」

「相手さんに通達ずみなのか⁉」

「……はい。それで、そのお店のことも知ってらっしゃったみたいで、楽しみだって」

ついに後輩は涙ぐみはじめた。泣いてどうする、と達巳はいっそ怒鳴りそうになり、歯がみする。

「じゃあ、いったい、どうす――」

「そのひと、なに食えないか知ってる？」

背後からかぶさった声にはっとする。振り返ると、奥田がいつもの飄々とした顔でそこにいた。彼は警備関連のスタッフ、それも人員整理担当だったはずだ。

「なにしてんだ、奥田」

「いや、ちょっとコレ足りなくなったんで取りにきたら話が聞こえたから」

コレ、といって掲げたのは、ビニールヒモだ。ライブがはじまるまではあと数時間あるのだが、ミュージシャンのファンたちは学祭のほかのだしものを見る気配もなく、待ちきれない様子でうろうろとステージ付近を歩きまわっている。なかには楽屋に近づこうとする連中もいるため、駐車場横の空きスペースを借りて、待機列を作ることになっていた。

「列整理はすんだのか?」

「いまざっと並べさせた。ひとがごちゃついてきたんで、ヒモで順路作ろうと思ったんだけど」

それはいいとして、と、Tシャツにジーンズという、晩秋にはひどい軽装の奥田は肩に引っかけていたタオルで汗をぬぐう。

「事前に聞いてるなら、ダメなもんわかるだろ。リストとかないの?」

「あ、あ、あり、あります」

彼女はあわてて本部の隅に設置していたパソコンに飛びつき、メールを確認したのち奥田に向かって差しだした。

「小麦粉、鶏肉、卵……ふーん、とりあえず、コメは食えるんだな」

ふんふん、と画面を眺めた奥田は、「んじゃ、にぎりめし作ればいいんじゃね?」と、けろりとした顔で言いだした。

「は……?」

「いや、だってコメ食えるだろ。ノリとおかかは大丈夫そうだし、野菜類はとくにアレルギーなさそうだから、つけもの添えてさ、お茶だして。あまいもんはくだものとかにすりゃ、購買とかコンビニでもだいたい揃うじゃん」

「いや、しかし、ケータリングが」

「相手だって、こっちが学生なのはわかってんだろ。手配できなかったってことは詫びいれて、その代わりですんませんけどつって、炊きたて飯のおにぎりだせばいいじゃん」

乱暴にすぎる代案に、達巳は開いた口が塞がらなかった。フリーズしている間に、奥田は勝手に「宍戸さんに確認とってみよ」と携帯を操作しはじめる。

「……あ、どもっす奥田です。なんかケータリングの発注ミスったみたいなんですけど、代わりににぎりめしだそうと思うんですけどー」

達巳が唖然としているすきに、話がはじまってしまった。「おい!」と声をあげるけれど、奥田は手のひらを見せて「待て」のポーズをする。

「ああはい。そのへんこっちのミスは詫びいれて。わかった俺が言います」

「ちょ、ちょっと待て、代表責任は俺が——」

「ういす了解。んじゃ」

勝手に話をつけてしまった奥田が「宍戸さん、もーまんたいだって」と白い歯を見せて笑う。

「んじゃ、速攻、近くでコメ買ってきて。あとどっかで炊飯器借りて。おにぎりの具は、さっきのリストでバツついたの以外選んで。できるか？」

「はい！　いってきます！」

「あ、金とりあえずコレで足りるかな」

自分の財布から五千円札をとりだす奥田に、さっきまで泣きべそをかいていた彼女は、視線を宙に浮かせる。脳内でなにやら計算したあと、「大丈夫だと思います」と言った。

「そっか。あ、コメ重たかったら、そのへんにいるサークルの男衆使えばいいから。頼むな」

「わかりました、いってきます！」

きりっとした顔でうなずくなり、駆けだした彼女を見送り、奥田は楽しげな声をあげる。

「お、はやいはやい」

「……じゃ、ねえだろ」

一連のできごとを、ぽかんとして見ているしかなかった自分にも腹が立ち、達巳の声は低くなる。

「なんでおまえが仕切ってんだよ、いまのは――」

「あー、よけいな口出しして悪かったな。けど橋田、テンパってたからつい」

「ついじゃないだろう、せめてこっちにコンセンサスを」

「コンセンサスったって、見てたんだしいいじゃん。だいたいこういうのは誰がしゃしゃるとかじゃねえだろ、思いついたら速攻でいかなきゃ、時間もねえんだしさ」

とっさの判断ができなかったことに情けなさを噛みしめ、うなだれるしかない。奥田の言うことは正しい。なにより、いま彼が提示した以上の対応策など、焦っている達巳にはなにも思いつかないのだ。

「……わ、るい。正直、たすかった」

「およ。橋田くん素直じゃーん」

せっかくまじめに頭をさげたというのに、なんだこれは。軽い口調に顔が歪み「おまえなあ」と言いかけたところで肩をたたかれた。

「橋田はよくやってると思うよ。あのイベントスケジュールとか、自分ひとりで作ったんだろ」

テントのポールに貼りつけられた進行表は、達巳の作成したものだ。学祭の間中の日程がみっちりと詰めこまれ、分刻みの予定が書かれている。

「俺ああいうこまけー仕事、できねえからさ。まじで尊敬してんだけど」

「嫌みか……」

「じゃねえって、ほんと。ああいう書類作成だの、スケジュール把握だのを全員にわかりやすく通達するって、誰にでもできるこっちゃねえからさ。ここまでおおきなとりこぼしなくやれてんのも、あれのとおりみんな動いてっからだろ」

慰めの言葉にも、達巳はなにも言えなかった。それでもこうしてミスは起きるし、すべてを掌握できるほどのキャパシティはない。うなだれて歯がみする達巳に、奥田は「だからそう、思いつめんなって」と苦笑した。

「責任とるのは最終的には宍戸さんだし、そこまでガチガチにならんでもいいだろ」

「……でも」

「だから、自分がぜんぶ悪い、みたいな顔すんなよ。ひとりでやれるこっちゃないじゃん、こんなの。対応できるやつがいるなら、そっちに放ったたっていいんじゃね？　イベントはみんなでやってんだからさ」

にっと笑う奥田の、白い歯がまぶしかった。

本音を言えば、出会いが最悪すぎたこともあって、奥田に対しての印象はずっと悪いままだった。サークル主催のイベントでも、あっちへふらふらこっちへふらふら、持ち場を離れることもままあって、大抵は女の子と雑談しているか、後輩をからかって遊んでいたりする姿を見かけた。いいかげんなやつだと見くだすような気分すらあった。

けれど、ひとつのことに集中してしまうと余裕をなくす達巳とは違い、彼はいつもそうして遊んでいるようでいて、全体を把握しているのは知っていた。

女の子たちのおしゃべりから情報を集め、後輩の愚痴を聞き、へらりとした調子で必要なことを言い、実行する。ただただくそまじめに業務を遂行するだけの自分とは違う、その軽やかさが——本当のところ、ねたましかった。

そんな自分のちいささこそがいやだったのだと、奥田の笑顔に思い知らされた気分だった。

「……りがとう」

「え？」

「ありがとう、って言ったんだ！　けどこのさきはおまえが責任をとれよ、おれはこっちの手順で手一杯だから！」

べし、とスケジュール表に手のひらをたたきつけ、逆ギレもいいところだと思いながらも達巳は怒鳴った。

いまのどたばたで無視せざるを得なかったが、インカムにはさきほどから数件、情況の確認や想定外の事態についての連絡が入り続けている。

「列整理済んだら、速攻でケータリングのフォローにまわれ、わかったか⁉」

奥田は、ぽかんと口を開けたのちにやわらかく目を細める。

「わかった、やっとく」

しかたないやつ、と言いたげなその目にどきりとした。顔がいい男なのは知っていたけれど、こんなあまい表情を見せられたのははじめてで、達巳は一瞬見惚れる。だがむろん気取らせるような真似をするわけもなく、精一杯冷ややかに睨みつける。

こんな場面で、自分の性的指向を気づかれるわけにはいかないのだ。

「本当に頼むからな！」

「OK、任せろ」

なぜか無駄にピースサインまでだして請け負った奥田は「ひとまずこれ始末してくる」と、すっかり忘れていたビニールヒモを持ちあげ、本部テントから走り去っていった。

その背中をじっと見送っていることに気づき、達巳ははっとする。じくじくと疼くような心臓には覚えがあって、まさか、まさか、と自分を嗤った。

（まさか、こんな程度のことでときめいたり、とか）

あるわけがないと打ち消しても、このあまったるい痛みには覚えがある。そして同時に感じる、みぞおちを冷やすような諦念《ていねん》にも。

頭をよぎるのは出会いの日、女の子の胸を揉んでいたあの男の姿だ。いかにも手慣れたふうだった、遊びに長けた空気。そのくせ不潔感のなかった、シャツから覗く鍛えられた身体。こんなにも克明に覚えている自分に驚き、そして脳内によみがえらせた奥田の首筋に、べったりとついたルージュの色を再認識して、きつく眉を寄せる。

（ノンケとか、ほんと、ないって）

はじまるまえから終わった。とにかくこの思いは封印するしかない。たぶんきっとすぐに、幻滅させてくれるだろう。そういう男だ。

憂鬱《ゆううつ》な物思いは、さきほど買い出しにでた後輩が戻ってきたことで打ち砕かれる。

「――橋田先輩、お米買ってきました！」

両手にスーパーのビニール袋を持った彼女は、重そうな袋を抱えた男子サークルスタッフとともにテントに駆けこんできた。

「ああ、じゃあ奥田に連絡とって、作業よろしく」

「はい、さっき携帯に連絡いれました。調理場のほうから炊飯器も借りられることになったんで、やってきます！」

「調理自体はどこで？」

「いっそ楽屋で、目のまえで握ればいいんじゃないかって。あと手でじかに触れたのいやがるかもだから、こういうのも用意しました」

透明なビニール手袋セットをかざす彼女に「気が利くね、さすが女子」と感心すれば、涙のあとがわずかに残る頬を染めてかぶりを振った。

「そ、そんなことないです。じゃ、じゃあいってきますので」

「うん、よろしく」

背後に控えていた男子スタッフが、なぜかにやにやしている。なんだ、と首をかしげれば「さすが橋田先輩、モテますね」とささやかれ、目をしばたたかせた。

「もて……？　なんのことだ？」

「またまた。井内《いうち》、先輩に褒められて真っ赤だったじゃないですか」

言われてようやく、さっきの彼女が井内という名前だったことを思いだした達巳は、なんだか気まずくなる。「ばか言ってないでおまえもいけ」と顎をしゃくれば、彼はまだにやにや笑いをおさめないまま、小走りの彼女のあとをついていった。

（……女にモテても、な）

どうにもしてやりようはないし、こちらも困惑するしかない。つくづく、恋愛沙汰に陥りやすいイベントサークルなどにはいったのは間違いだったかとため息をついたがいまさらだ。

そもそも、物思いにふけっているような暇も、気づいたばかりの恋心に集中できるような余裕も、どこにもない。

『――橋田さん、すみません！』

インカムにはいった通信に対し「どうした」と返しながら、達巳は達巳の仕事をすべく、駆けだした。

「……ケータリングの件はそれでなんとかなると思ってた俺があまかった」

思いだした、十年以上まえの記憶に眉間の皺を寄せていると、当時と変わらない脳天気さで奥田が言う。

「えー、なんとかなったじゃないよ」

「どこがだよ！　目のまえで手巻き寿司チックににぎりめし作りますなんて大見得切っておいて、おまえ、じっさいには米を研ぐこともできなかったじゃないか！」

当時の怒りをぶり返し、達巳は怒鳴ってテーブルをたたく。

「だってうち、ずっと無洗米使ってたからさあ、知らなかったんだよ」

「家庭科の調理実習だとか、キャンプの飯ごう炊さんとか、とにかくそういうところで習う機会はあっただろう」

「そういうの女子がぜんぶやってくれちゃったからなあ」

しれっとした顔で言ってのけた男の足を踏みつける。痛いと悲鳴をあげたが、なぜかにやにやしているままだ。

「なに、やきもち焼いた？」

「わけないだろう。っていうか自分の失敗から話を逸らすな」

あれだけ大見得を切ったくせ、当時の奥田は本当に、米の炊きかたもろくにわかっていなかった。そこは世話係だった井内がどうにかしたようだけれど、いざゲストのまえで炊きたての米を握ろうとすれば大失敗し、手のひらにやけどを負って騒ぐ始末。

「あのときのゲストさんらが、穏和なひとたちだったから笑って許してくれたけどな。へたすると大クレームになってたぞ！」

「でもウケてたし、結果オーライだったじゃねえか」

「……代わりにネタにされてたけどな……」

奥田の大騒ぎとケータリングのミスに大爆笑していた男性デュオは、その後のトークショーで「いま楽屋でおもしろいことがあって」と、予定されていた内容をまるっと無視し、愉快だった学生スタッフのことをおもしろおかしくとりあげた。彼らのファンもたくさん集っていたが、客のなかには同大学の学生もいたため、「奥田か！」とすぐに言い当てられてしまい、内輪ネタ的になったそれもまた、達巳の予想に反してウケてしまった。

あげく悪のりしたゲストが、その後自分たちの持ち歌を歌う際、代表曲であるラブソングの歌詞の一部、「うまく握れないきみの手のひら」という部分を「うまく握れないにぎりめし」

などと改変したので、しっとりしたライブのはずが大爆笑の渦だったのだ。

「最終的に盛りあがったし、成功じゃねえの？」

「俺は胃が痛かったんだよ！」

顔をしかめた達巳は皿にわずかに残ったチャーハンをかきこんで、「ごちそうさま」と手をあわせた。つくったひとではないほうが、洗い物をする。恋人になってからできた自然なルールに則って、達巳がふたりぶんの汚れた皿を片づけようとしていると、ソファにごろりと転がった奥田が楽しそうにくくっと笑う。

「……なんだよ」

「いやあ。おまえ、ほんとによく覚えてんなあと思って」

「そりゃ覚えるだろ、あんなトラブル――」

「じゃなくて、俺のこと」

どこか懐かしいような、ほんのすこしの悔いをにじませた目で見つめられ、どきりとした。

「い、つも、トラブルメーカーだっただろ。いやでも覚える」

「トラブルシューターって言ってくんない？　解決はしてきたんだからさあ」

わざとらしくぼやいた男は、大柄な身体をソファのうえで器用に反転させ、うつぶせのまま
じっと達巳を見つめてくる。オープンキッチンになっているため、視界を遮るものはなにもなく、顔が赤らむのをこらえようとするあまりしかめ面になってしまった。

「……あのころも、そういう顔してたな」

「え、なに?」

奥田のつぶやきはさほどおおきな声でもなく、洗い物をしながらの達巳には微妙に聞き取れなかった。すこし声をおおきくすると「しかめっつら」と奥田が笑う。

「俺的には、あのあとくらいから仲よくなれて嬉しかったんだけどさあ。おまえ、どんどん顔が険しくなってってった」

「……そうだっけか」

「そうだったよ。だから、いつまで経ってもこいつ慣れてくんねえなあ、って思って。けどきらわれてる感じはしないから、なんとかなつかねえかなって」

距離を縮めたくなかった自分のことに、気づかれていたらしい。達巳は無言で皿を洗い続ける。この微妙な話題がどこに向かうのかまったく見えず、なんとなく居心地の悪さを感じていれば、奥田はまたいらぬことを言った。

「考えてみると、俺が男にあそこまで興味持つ時点でおかしいんだよな」

「おまえはほんとに女が好きだったからな」

あきれたように言ってやりながら、最後の一枚を水切りラックに置こうとした、そのときだった。

「俺ってさあ、自覚なかっただけで、あのころからおまえのこと好きだったのかも」

勢いあまって、皿ががちゃんと音をたてる。思わずあげた達巳の顔は、自分でもわかるほどいやそうに歪んでいた。

「喜んでくんねえの。なんなのその、汚物を見るような顔」

「いや、喜べないだろ。おまえそれだけはないだろ」

「なんで！」

「なんでじゃねえよ、その時期からって言われて、ハイソウデスカなんて言えるわけがなかろうが！　おまえ、どんだけ女、とっかえひっかえしてたと思ってる⁉」

達巳が怒鳴ると、奥田は「あー……」と意味のない声をあげて目を逸らした。

適当に記憶を改変するのは、この男のむかしからの得意技だ。

「俺を巻きこんだあのときのことを忘れたわけじゃないよな？」

微笑んでみせる達巳に、奥田は「忘れてねえよ」となぜか、むっつりした顔でつぶやいた。

――微妙な大学三年の春。

奥田がまた彼女と別れた、という話を耳にして、達巳はもはやなんとも思えない自分を冷めた気分のまま受けとめていた。

「驚かないの、達巳」

にこにこしながらその話をもたらしたのは、宍戸《ししど》黎《れい》、達巳の先輩でありサークルの部長でもあった男だ。

「とくに驚かないです。むしろ、ぶちょ……宍戸さんが、卒業して久しいのになんで、大学のカフェで俺とお茶してるかという現実のほうが不条理です」

大学構内にある、人気カフェチェーンとコラボレーションしたというしゃれたオープンカフェ。よくある学食などとは一線を画し、本格的なカフェテリアとして運営するコンセプトのとおり、テーブルや椅子にもこだわりが感じられる。メニューも豊富、見た目もおしゃれとあって女子には大人気のこのカフェは、季節的にもすごしやすい秋とあって、十数席のテーブルはすべて埋まっていた。

「不条理まで言うことないだろ。仕事の依頼できてるんだから、いたっておかしくないし」

にっこり微笑む、長身のあまったるくも男らしい美形は、思わせぶりに達巳の顎を長い指でくすぐってきた。うっとうしい、とそれを振り払い、ため息をつく。

装飾的な鉄製の白い椅子に腰かけ、無駄なほど長い脚を組んだ宍戸はうんざりするほど目立っている。身にまとっているのはおそらくイタリアンブランドのスーツだろう。二十代なかばにも達しない男が着るにはいささか値が張りすぎるもので、浮いてもおかしくないというのに、バランスのいい手足と堂々とした雰囲気でしっかり着こなしていた。

そもそもイベントサークルを立ちあげた理由というのも、高校までは読者モデルをやっていたこともあるという宍戸が、あまりに有名かつ派手すぎるため、大学でもミスターキャンパスをはじめとする学内の各種イベントで引っ張りだこになり、なおかつ大学外のほうからも、モデル時代の顔の広さを活かしてパーティーチケットなどのノルマに協力させられたりと、大変にぎやかだった。

個々で請け負ううちにちょっとした芸能人なみの活動となってしまい、それくらいならば自分でイベントを立ちあげたほうが一本化できるだろう――という、達巳にはよくわからない動機であのサークルはできたのだ。

そこでさらに各種方面へと顔を拡げた宍戸は、「もういっか、会社作っちゃお」というこれまた大変軽いノリで人材派遣も請け負うイベント企画会社を起業し、いまではちいさいながら一企業の社長だ。むろん、あちこちのメディアに対して『元モデルの青年実業家』として顔を売るのにも余念がなかったため、設立から二年だというのに、仕事は引きも切らず、結果手が足りなくてサークルの後輩らを駆りだしてくる、という始末だった。

「達巳もさあ、裏方ばっかやってないで、もっと表のほうでてこない？」

「表の、ってなんですか。もともと俺はずっと事務方だったじゃないですか」

「……性格地味だよなあ、ほんと。なんでイベサーなんかにいるんだ、おまえ」

しみじみと言われ、達巳は宍戸を睨みつけた。

「まったくその気のなかった俺を、出身校の後輩ってだけで問答無用でサークルに誘致したのはどこの誰ですか？　しかも一年のときから経理だのなんだの厄介なことぜんぶ押しつけて」

「おれでした」

てへ、と言わんばかりに舌をだしてみせる宍戸に、達巳はうんざりした顔を隠さない。

とはいえこういうひとだから、つきあいが長いのだ。もともと宍戸と達巳が中高一貫の男子校にいたことで、お互いの性的指向はうっすら把握していた。

先《せん》だってのイベントでゲイばれした達巳もすんなりサークルに受けいれられてしまったのは、

なにもバイセクシャルである宍戸がただそこにいたから、というわけではない。サークルのメンバーらに対し、それなりに根回しし、フォローをいれてくれていたのは知っている。

「って、おれのことはいいってば。奥田だよ奥田。また別れたんだって」

「へえ」

「リアクション薄いなあ」

「だってそんな年中行事、どうリアクションすればいいっていうんです。どうせまた円満にともだちに戻りましょう、とかそんなんでしょう?」

ため息をついてカフェラテのはいったボウルを揺らす。牛乳の膜が茶色く染まって縁にへばりついているのを眺めながら、内心では、嘘つき、とつぶやいていた。

目を伏せ、表情を読まれないようにした達巳に、ほおづえをついた宍戸はくすくすと笑う。

「嘘つくのだけはうまいよねえ、達巳」

「なんのことでしょうか」

「いっそおれとつきあっちゃう?」

また顎をくすぐられ「だからやめてくださいって」と達巳はふたたびその手を払った。周囲にいる女子たちの目が痛すぎる。なにしろ宍戸は先日、ケーブルのチャンネルとはいえテレビでインタビューを受けたばかりなのだ。卒業して二年経とうと、この大学のOBとしては相当名前も顔も知れ渡っている。

「いくらカムアウトしたって言っても、サークル内だけなんですよ、一応。あんたみたいに全方位に性的指向ばらしてる人間じゃないし、有名人でもないんですから」

ひっそりと生きさせてくれと頼んだところで、顔も派手なら人生も派手な男は「気にしなきゃいいのに」ととりあわない。

「そしてうまいこと煙に巻くね」

「のしつけて返しますよその台詞」

「なんか今回めずらしくもめたらしいよ、奥田」

会話というのはキャッチボールではないのだろうか。暴投ばかりよこす宍戸に疲れ果てつつ、達巳もまた、手にした書類を突きだしながら、本筋の話題に強引に持ちこんだ。

「これ、依頼の件で当日使えそうなメンバーのリストです。日程についてもすりあわせしときましたから。とりあえず片っ端から声かけて、手書きで名簿作っただけなんで、正式なのはあとでメールします」

「すっごい噂になってるって。学食でビンタくらったとか」

「お笑いタレントのイベントライブ、ハコがちいさいんで人数はすくなくてすんでますけど、いきなりでしたから、今後物販についてはちゃんと業者から紹介してもらってください」

「しかも爪で引っかかれたから、ほっぺに絆創膏のでっかいの貼ってるんだって……なのに、おかしいなあ」

三度伸びてきた手は、達巳の頬に貼りつけられた大判の絆創膏を軽く撫でた。

「なんで、達巳のほうがこんな怪我してんの？」

治りかけの傷がちくりと疼き、今度こそ達巳は冷ややかな声で言ってのける。

「仕事の話、しろっつってんでしょが。『エースのジョー』さん」

「……その呼びかたやめろ」

ぴくん、と宍戸の顔がひきつる。中学時代、昭和の名優であった俳優と同じ名字だったことからついたあだ名を、彼は気にいっていない。そしてその気にいらない名前でわざわざ呼ぶとき、達巳が完全に機嫌を悪くしたときだということを、宍戸もまた知っていた。

ひんやりとした視線を絡ませあい、数秒、無言の攻防戦が繰り広げられる。さきに屈したのは分が悪い宍戸のほうで「おっけ」と両手をあげてみせた。

「言いたくないってんなら、この話はやめとく」

「まわりくどいやりかたするからむかつくんですよ。俺はただ単に、修羅場に居合わせて巻きこまれただけです。あとビンタではなくてこれは、振りまわされたバッグのベルトの金具がかすったんです」

「え」

ため息をついて状況説明をすると、宍戸はさきほどまでのからかうような顔を引っこめ、真剣に眉を寄せていた。

「なんですその顔」

「いや、それやばかったんじゃねえの？　縫った？」

「かすっただけですってば。目の端、ベルトの留め具が数ミリだったときにはさすがにビビりましたけど」

　肩をすくめてみせたのは、たいしたことではない、というポーズだった。じっさい、かかった医者には「あと数センチずれてたら眼球えぐってたよ」などと嬉しくない言葉をいただいたのだが、それを言う必要などないだろう。

「奥田はなにをヘボいことしてんだよ。なにしてそこまで怒らせたの」

「正直、よくわからないんですよね。俺が見かけたときはとにかく、相手の子が激怒しきってて、なに言ってるかわかんないくらいになっちゃってて」

　二日前のできごとを振り返ってみても、よくわからない。達巳が見かけたときには、すでに奥田と別れた相手が口早になにかをまくしたてている場面だった。

　手に持っていたバッグを興奮気味に振りまわしていて、金具に反射する光にぞっとした。あれはあぶない、と思い、すこし控えたほうが――と声をかけようとしたとたん、ぶんっという音とともに頬に痛みが走ったのだ。

「ともかく俺が怪我しちゃったもんで、口げんかもうやむやになっちゃったみたいなんですけど」

「あれ、なんだ。奥田をかばって身を挺して、なんて展開じゃなかったのか」

「そんなことしませんよ、ばからしい。まわりの人間に迷惑だから止めようとしただけです」

むすっと達巳は口を歪めた。

「じゃあ、奥田がそのあと、女の子ひっぱたいた、ってのは？」

「それも尾ひれつきすぎですよ。俺の顔から血ぃでたんで、ぶんぶん振りまわしてる腕、掴んで止めただけです」

ただ、そのときの奥田の形相がかなりすさまじいものだったこと、そしてそのあとの怒声が、およそ女性相手のものではないほどきつかったことは事実だ。

――てめえ、達巳になにしてんだよ、あぁ⁉

あそこまで本気で怒った奥田を見たものなど、誰もいなかっただろう。しんと静まりかえってしまった学食は、驚きとすこしの怯えに包まれていた。とくに怪我をさせるつもりもなかっただろう相手の子はぶるぶると震えて泣きだしてしまった。

それでも奥田は容赦なく、つい前日まで大事にしていただろう彼女を冷たい目で見るや、舌打ちして細い腕を放りだし、すぐに達巳のほうへと向き直った。

――悪い、達巳。だいじょうぶか。

心配そうに、申し訳なさそうに声をかけてくる奥田はいつもの彼らしい表情をしていた。正直、あんな冷ややかな目をするなど想定もしていなかった達巳は「平気だ」と返しながらも息を呑んでいた。

「大騒ぎだったろ、どうやっておさめたの」

「彼女のほう、ショックで泣いちゃってどうしようもなかったんで、その子のともだちらしいのが引き取っていきました」

「どうせおまえのことだから、怒鳴られてパニック起こして泣いて謝りもしない子相手に、気にするなとか言ったんでしょうが。おひとよしめ」

見事に言い当てられ、達巳は無言のままぬるくなったカフェオレを飲んだ。

「一応、そっちのともだちのほうから、迷惑かけましたってお詫び言われはしましたよ」

「ひととしてあたりまえのことだろ。フォローにもならんよ。せっかくの顔に疵《きず》が残ったらどうする」

「べつに男なんだし疵のひとつやふたつ」

言ったとたん、ぎろりと宍戸に睨まれた。彼は自身の美貌を売り物にしていた時期があるせいなのか、男女問わず顔にうるさい。といっても極端な面食いで美形しか相手にしない、というのでもなく、彼自身の基準で好んだ顔をこよなく愛するのだ。おかげで現在の会社やサークルのスタッフも、皆『いい顔』をした人間が多い。美人、ハンサムというだけでなく、素直さがにじんでいたり、愛嬌や雰囲気がある人間ばかりだ。

「顔ってのはひとを物語るんだよ。パーツの配置の問題じゃなくて」

「性格がにじむっていうんでしょう。表情筋の動きに影響がでるほどの疵じゃないですよ」

達巳は正直、自分の顔にさほど興味もないのだが、宍戸にはえらく気にいられているのは知っている。苦笑まじりに平気だと言うと「それ」と宍戸が指さした。

「それって、なに」

「二年になるまで、おまえその変な笑いかたしなかったよな。どこで覚えたか自覚ないとは言わせないぞ。卑屈な顔しやがって」

気にいらないと鼻を鳴らした宍戸に、達巳はなにも言わなかった。どうせなにもかもわかっている相手に言い訳をするだけ無駄で、けれど細かいことを突っこまれたくもない。結果、選ぶのは沈黙だ。こういうときは煙草が吸えればよかったと思う。言葉を封じるとき、間が持たないとき、唇をふさぐアイテムとしては最適だ。

「……リストを」

「もうもらったし、あとはおれがデータ確認すればいいだけだよな。っつか、ほんとのとこちゃんとエクセルかなんかで一覧にしてもらって、メールもらえばすんだ話なんだけど」

すい、と宍戸の優雅な指が、達巳の頬にふれる。やさしくいたわるような手つきに、今度はたたき落とすのがはばかられた。

「しんどい恋愛しなくても、もっと楽な相手探せば」

「……たとえば？」

「おれとか」

　またそれか、と笑ってしまう達巳は知っている。宍戸はけっして本気で達巳を口説いたりしていない。こういう態度をとるのは、あくまでカムアウトしてしまった達巳を人気のある宍戸がかまうことで、周囲の視線をやわらげるためなのだ。

「宍戸さんってほんとにルーズだし適当だしいいかげんですけど」

「おっと、なにそのいきなりのＤＩＳり。しかもだいたい意味同じ」

「やっぱり、ひとに慕われるだけあるっていうか、束ねる器はあるんですよねえ」

　しみじみとつぶやけば「喜べばいいんだか、失礼だと怒ればいいんだか」と宍戸は苦笑する。

「いずれ楽にはなりますよ、あと一年もしたら」

　卒業すれば、いやでも縁は切れる。それまでせめて静かに、好きな男の友人顔をしていたいだけだ。

　ゲイだとばれても奥田はひるまず、いままでとなにも変わらなかった。一部のメンバーはやはり微妙な顔をしてもいたけれど、それを気にする達巳に対して彼は言ったのだ。

　──どういう相手を好きになるとか、そんなのひとの勝手だろう。すくなくとも俺らのつきあいには関係ねえし。

　言葉は、救いでもあり同時に絶望でもあった。関係ない、というひとこと。それは見こみがないせいでもあるし、奥田がなんらこちらに偏見を持たない人間だということでもある。

胸はきりきりといつまでも痛み、だがその痛みごと捨てられない感情もあるのだ。

「……それはどうかな」

「え？」

「一年後なんて、なにが起きるかわからないものだから」

含み笑う宍戸は、軽く曲げた指の背で達巳のこめかみをこすった。妙に意味深な手つきはいつもよりしつこい。いったいいなんだ、と達巳は目を瞠る。

「それって、どういう――」

「なにしてんすか」

問いかけるのと、顔を撫でていた手が離れるのは同時だった。見れば、宍戸のそれよりもおおきな手が彼の手首を掴んでいる。

「あれ、奥田」

「あれ、じゃないっすよ。宍戸さん、こんなとこでなにしてんの。もう、すっげー目立ってますけど？」

あきれたように言いながらも、どうしてか奥田の目が笑っていない気がした。なんなんだ、と思いながら達巳が目をしばたたかせると、宍戸は妙に楽しそうに笑ってその手を振りほどく。

「目立つって、学食の大立ち回りよりマシだろ？」

「……もう知ってんのかよ」

「おれのお気にいりの顔に怪我させられたって聞けば、そりゃあねえ」

奥田がじろりとこちらを眺め、達巳はとっさに「俺は言ってない」とかぶりを振る。うなずきひとつで、奥田はまた宍戸へ目を戻した。

「おまえがそこまで女にヘタ打つなんてめずらしい。なにしたの？」

「他人に言うようなことじゃないんで、もういいっしょ」

なぜだか、宍戸も奥田もどこか冷ややかな空気が漂っていた。いつもどおりへらへらした表情はお互い変わらないのに、達巳には見えない言葉を交わしあっているかのようだ。

「あの……どうかしたんですか」

妙な空気に困惑し、達巳が問えば「なんでもないよ」と微笑んで宍戸は立ちあがった。

「さて、リストももらったし、おもしろいものも見たし、おれは退散」

「え、宍戸さん」

「データ化したやつ、メール待ってるから。これに関しての返事、あしたになると思うけど、よろしくね達巳。あと奥田もまた」

ぺちぺち、と手の甲で頬をはたいた宍戸は、達巳には慕わしげに、奥田には若干《じゃっかん》適当に挨拶をして、ふらふらとその場を去っていった。

「なんだったたんだ？」

ぽかんとして見送っている達巳の目のまえ、たったいましがたまで宍戸が腰かけていた椅子に、奥田が座る。

「怪我、だいじょうぶかよ」

「ああ、かすり傷だし」

あまりこの距離で近寄りたくはないと思ったが、顔にだせるわけもなく、達巳はごまかすようにカフェオレをすすろうとして失敗した。器はとうに、カラだった。

「そのわりに絆創膏《ばんそうこう》、おおげさだよな。宍戸さんにもご注進がいったみたいだし」

「なんだそれ」

奥田らしくもなく、嫌みな言葉で絡まれてかちんとくる。だがちょうどいいきっかけだと、達巳はトレイを抱えて立ちあがった。

「あ、おい」

「絆創膏は医者が念のために貼りつけただけ。宍戸さんにはこの件、おれが言ったわけでもないし、そもそも好きで怪我したわけでもないし」

奥田はあからさまに、しまった、という顔をした。

「あの、達巳――」

「その原因を作った人間に、わけのわからない絡みかたされるいわれもない。そんなわけで、失礼」

彼がなにかを言いつくろうまえに、我ながらひどいと自覚する嫌みを返してその場を去る。

胸のなかには、なんだかよくわからないむかむかが沈殿《ちんでん》しているようで、ひどい気分だった。

皿洗いを終えた達巳は、手をぬぐったエプロンをはずしながらリビングに戻り、のうのうと転がっている奥田を見おろした。

「思いだしたけど、なんで俺はあのとき、おまえに嫌み言われなきゃいけなかったんだ。宍戸さんに言いつけたと思いこんだのにしても、ひどくないか？」

九年近くも以前の話でけんかをしたくもないが、振り返ってみても、あれは理不尽だ。眉を寄せて達巳が問い詰めると、「まあ、あのころはね」と、奥田はやはり目を逸らしたままつぶやく。

「だいたい、あのけんかの原因。いまだに知らないけど、なんだったんだよ。あとにもさきにも、あんなにおまえが彼女とこじれたことなんかなかっただろう」

「まあ、うん」

なぜだか疲れたようなため息をついて、起きあがった奥田が達巳を指さした。唐突なそれの意味がわからず、隣に腰かけた達巳は小首をかしげる。

「なんだ」

「原因」

「なんの」

「だから、あのけんか？」

ぱちぱち、と達巳は目をしばたたかせ「いやいや、ないだろ」と手を振ってみせた。

「いまならともかく、あの当時はまったく関係なかっただろ」

「……なくなかったから、ああなったんだよ」

苦笑し、奥田は長い脚に肘をついて、軽く曲げた手の甲に顎を載せる。たいしたことはない、どちらかと言えばだらしない仕種なのに、彼がするとひどく色っぽいもののように映る。

「さっき言ったよな。自覚なかっただけで、あのころからおまえのこと好きだったのかも、て」

「だから――」

「ベッドで呼んじゃったんだよ、おまえの名前。っても、若干不明瞭《ふめいりょう》にだけど」

思いもよらなかった言葉に、達巳は口をぽかんと開ける。奥田は「やっぱそういう反応だよねえ」と、なぜか他人事のように言った。

「いや、だって。つきあいはじめのころ、言っただろ？　おまえ、俺があきらめたから気になったんだとかなんとか。時系列的に、ないだろ」

「それははっきり認識したときの話なんだってば。てかあの大学三年のけんかの顛末《てんまつ》、おまえとつきあうようになって、やっと謎が解けたんだもん」

どういうことだ、とますます眉間に皺が寄る。奥田はしみじみと吐息した。

「だからね、あの当時の彼女――みのり、っていったんだけどもね。彼女とイイコトしてた真っ最中に、べつの名前口走っちゃったわけですよ」

「……はあ」

あまり聞きたくない、というのが顔にでたのだろう。奥田はなだめるように――いつぞやの宍戸と似た手つきで、けれど彼よりも意味のありすぎる指先で、達巳の頬を撫でた。

「俺は覚えてなかったんだけど。真っ最中に『イツミ？　ムツミ？　誰よそれ！』ってわめかれて、中折れはするし心当たりはないしで、最初は茫然としてさ。とにかく相手がヒートアップしすぎてるから違う聞いてくれって言っても、まあ殴るわ蹴るわ噛みつくわ、おまけに俺の部屋だっていうのに裸で追いだされるわ」

「な、なかなか強烈だな」

「もともと気ぃ強い子じゃあったんだ。まあそれもいいかと思ってつきあってたけど、さすがにそのあと、警察に通報までしやがって。騒ぎを聞いた隣のひとが、もともとの住人は俺だって言ってくれなかったら、まじで逮捕される羽目になってたとこで」

「逮捕⁉」

「変質者がいるだの言ってくれたんだよな」

当時のことを思いだし、うつろな目になる奥田に、達巳はなんとも言えない気分になった。なるほど、それはこの穏和な男が本気で怒るわけだ。

「そこまでされたら、こっちも引っこみつかなくてさ。そもそもイツミだのムツミだのって名前の女とつきあったことなんかなかったし、まったく心当たりもないのに、聞き間違いかもしれないことでそこまでするアブナイ女とつきあえない、つったら鞄《かばん》振りまわして」

「俺に当たったわけか」

「そゆこと。で、原因なによって言われても、話が変にでかくなりすぎるだろ。警察だなんだ、なんて剣呑《けんのん》だし。こっちも就職活動はじめてたところで、変な噂たてられるよりはいいかと思ってさ」

「……お疲れ」

「しかも彼女、みのり。おまえに最後まで謝らなかったしな。その後の謝罪もなしだったろ」

嘘もつけず、達巳はうなずいた。「やっぱりな」と奥田は顔をしかめる。微妙に機嫌を悪くしている表情に、達巳のほうがフォローをいれねば、という気分になった。

「ま、まあむかしの話だし。疵も残らなかったんだし」

「そうなんだけどねえ」

おおきな両手で、奥田は顔の下半分を覆い、ため息をついた。そのまま、ちらりと達巳を眺め、つぶやいた。

「いまになって、ぬれぎぬってわけでもないってわかったから、怒りようもねえなって思うし」

「え、でも、イツミかムツミか知らないけど、心当たりはないんだろ？」

「そのふたつにはな。けど、タツミ、なら心当たりはありまくったよ」

一瞬、達巳の息が止まる。まぶたの限界だ、というほどに目を瞠っていると「そういう顔すると思ったんだよな」と奥田が笑った。

「あと、もうな、『ないわ』はいいから。ていうか、あの当時に俺のまわりにいて、『ツミ』って響きが名前にあるの、おまえしかいねえのよ」

「え、でも……だって」

「無自覚だったんだろ、だから。……あのあと、宍戸さんがおまえの顔撫でまわしてるの見たときも、なんか意味わかんねえけどむかっ腹たって、あげく達巳に嫌み言う始末だし」

「……あ」

あれは告げ口をしたと思いこんでの怒りではなかったのか。またもや想定外の言葉に、どう反応していいものかもわからない。黙りこんでしまった達巳の手を奥田がそっととり、握りしめてくる。隣同士に座った状態で、手をつなぐという行為のあまさにどきりとした。

「あの、それはあれじゃないのか。いまになって、都合よく記憶を改変してるんじゃ」

「イツミにもムツミにも、まったく心当たりないのに？」

「忘れただけじゃあ……」

「じゃ、なんであのとき俺、宍戸さんにあんなむかついてたんだろうな？」

おおきな手のひらで包むようにして、奥田は達巳の手を握っている。親指の腹でやさしく手の甲を撫でられ、そのくすぐったさに顔が赤くなってきた。

「あのむかつきは、ずっと意味がわかんなかった。自分のことなんて、案外わかってねえんだよ。あとになって、そういうことか、って感じるのが大半で」

「奥田、手……」

離せ、という意味で言ったのに、奥田はにやりと笑うなりその手を持ちあげ、甲に口づけてきた。さすがに気障ったらしいそれには顔が歪み、達巳は手を振り払うなり頭に手刀を振り下ろす。

「痛い！　なんで！」

「なんでじゃない、気色の悪い真似をするな！」

「顔赤いですけど」

「うるさい！　さっきからおとなしく聞いてれば、よくもまあ勝手に都合よく過去をねつ造しくさってっ」

「でもそう思ったんだもん」

先日の誕生日で三十路を迎えたというのに「もん」とか言うやつがあるか。冷ややかな目で睨みつけるが、頭をさする奥田は意に介した様子もない。その態度にますますいらっとして、無駄に高い鼻をつまんでやった。

「いててててっ」

「だいたいなんだ、その理屈は。まえにも、同棲してた彼女と別れたのは俺の態度が変わったせいだとか言ってたな？　もしかしておまえがふられるのは自分のせいじゃなくて俺のせいだとか、そういうふうに毎回、ひとに責任なすりつけるつもりか⁉」

「毎回じゃねえよ、そのふたりだけだって！」

若干鼻声気味で奥田が叫び、どうだか、と思いながら達巳は鼻先を絞るようにしてやってから手を離した。「おおおお……」と痛みに打ち震えてうめく男を眺めながら、本当になんでこんな適当なやつを好きで居続けたのだろう、と情けなくなる。

「大学でたら、きれいに縁が切れると思ってたのに」

大学後期、二十代はじめごろの達巳には、ひたすらそれだけが救いだと思っていた時期もあった。あのころはまさか、三十にもなってまだこの男とつるみ、仕事もともにし、あまつさえつきあうようになるだとか、考えることもおこがましいような話だったのだ。

「……そう考えてたの、おまえだけだと思うけどね」

「なんだよ、だけって。そもそもおまえ、三年あがったくらいから就職活動してるとか言ってたから、てっきり、どっか適当な会社にでも潜りこむのかと思ってたのに。まさかどこにも受からなくて、宍戸さんに拾われるとか想定外だろ」

赤くなった鼻をさすりながら、奥田は「それ違うぞ」と言った。

「違うってなに」

「俺一応、内定もらってたもん。いくつか」

初耳だ。達巳は驚きに目を瞠り、奥田はじろりと睨んできた。

「なんだその顔。ていうかまさか、俺が就職浪人いやさに、宍戸さんのお情けにすがったと思われてたとは、そっちのほうが驚きだわ」

「え……や、だって、マスコミ関係とかいいなー、とか言ってたじゃないか。受かってたならなおのこと、おかしいだろ」

いささか混乱気味に、達巳の語尾が揺れる。奥田はため息をついた。

「じゃあ聞くけどさ、おまえだって成績もよかったし、それなりのところ受ければ内定とれる可能性あっただろ。なんでずるずるで宍戸さんの会社はいったんだよ?」

どうしてか、奥田の言葉がすこし非難がましく聞こえる。意図がわからず戸惑いながらも、達巳は言った。

「そんなのわかりきってるだろ」

「わかんねえよ。教えろ」

妙に食いさがるな、と思いながら、達巳はいまさら隠すまでもないことを口にした。

「俺がゲイだから」

「へ？」

「どこか新しい会社にはいったりして、そこでセクシャリティ隠しながらやっていく、なんてストレスには、耐えられそうになかったんだよ。うっかり上司に見合いの話でも持ってこられたら苦労するだろうし、大学時代、受けいれられる楽さも覚えちゃったし。宍戸さんとこなら、基本うちのサークルあがりばっかりだし、あのひと自身がバイなの隠してないからさ」

あの当時、すでに不況がひどいことになっていて、大学生のきびしい就職活動はある種の社会問題だと言う学者もいたほどだ。皆がリクルートスーツで目をつりあげ、何十社と履歴書《りれきしょ》を送り、ひいひい言いながらエントリーシートを書くなかにあって、宍戸から「うちくる？」と言われ、「ああ、はい」の会話ですんでしまったのだから、本当にカジュアルな就職活動だった。

「ま、でも、もともとノンケのおまえには、頭にない選択理由なのかもな」

それはしかたがない、と苦笑してみせる達巳に、奥田はどこか疑り深そうな目をしていた。

「ほんとにそれだけ？」

「しつこいな、ほかになんだっていうんだ」

「……宍戸さんと、おまえ、ほんとになんでもないの？　いまも、むかしも」

反射的に怒鳴りつけそうになって、口をつぐんだ。ただの勘ぐりではなく、不安そうな目をしている奥田に気づいたからだ。ひとつ深呼吸をしていらだちをおさめ「なんでもないよ」とつとめてやさしく語りかける。

「たしかに気にいられてるけど、お互い恋愛感情なんかはまったくない」

「まじで？　信じていいか？」

「いいよ。ただ、俺が宍戸さんの会社の社員じゃなくて、もっと身持ちの悪いゲイだったら、一回か二回くらいはやっちゃったかもしれないけどね。あのひと、あとくされなさそうだし」

あえてあからさまなことを口にすると、奥田がものすごくいやそうな顔でうなった。

「あー、やっぱなー……」

「やっぱ、ってなんだよ。たられば の話だし、じっさいにはありえないことなんだぞ」

「けどさあ」

「じゃあ想像してみろ、自分が女だったら……いや、宍戸さんみたいにいろいろゆるめでハイスペックで、美形でセックスのうまそうな『女社長』がいたとして、恋人もなにもいない情況だったら、おまえどうする」

しばし奥田は沈黙し、はっと気づいたような顔をしたけれど、賢明にも口にはださなかった。だがおそらく、達巳の想定したとおりの答えを導きだしたのだろう。気まずげに目を逸らす。

「わかるだろ？」

「俺はいいけど達巳はそういうこと考えてほしくない。てかろくに経験ないくせして、そういう考えスレてると思う！」

「下半身、リアルにスレまくりの男に言われたくねえよ。……なんなんだよ、それもしかしてやきもち？」

意味がわからん、とうろんな目で問いかければ、奥田は逆に驚いた顔でこちらを見た。

「なんだその顔」

「なんだって、嫉妬《しっと》以外のなんだと思ってたんだ？」

「え、妄想？　あり得ない話でそこまでやきもち焼けるとか、おまえ、ちょっとおかしいんじゃないのか？」

ずばり言ってのけると、今度こそ奥田は撃沈した。「達巳がかわいくない」としくしく泣く真似までされるのはさすがにうっとうしい。

（本気で嫉妬したこともないくせに）

それこそリアルで、何人の彼女を見せつけられてきたと思っているのだ。わざわざ想像のライバルを作りあげてシミュレーションして歯がみするなんて不毛なこと、疲れるだけだし、する必要もない。

「奥田は、ほんとに勝手だなあ」

「なんでだよ！　ってか、達巳、つきあいだしてからのほうが、あきらかにかわいげなくなってないか!?」

「いや、おまえがどういうかわいげを俺に求めてたか知らないが、わりとこんな性格だぞ、もともと」

いまひとつわかっていないらしい男は、ソファに腰かけたままうなだれている。その広い背中に手を置いて、達巳はゆっくりとさすってやった。

「恋愛ってさ、寿命は三年なんだって」

唐突な達巳の言葉に、奥田が顔をあげる。

「片思いでも、一応は恋愛だろ。で、おまえを好きになってから、そのサイクルって三回きてるんだよ」

奥田ははっとしたように口を開け、すぐにつぐんだ。なかばふざけてしかめていた顔が、真剣なものになる。達巳は、自分の目がやさしくなるのを感じておかしくなった。

「俺はさあ、ほんとにおまえをあきらめたんだよ。三年まえも、そのまえも、そのまえも」

――ひとくぎりつけた、社会人四年目の夏。

気づいたきっかけは、奥田がずっと読みこんでいた賃貸情報誌が、デスクのうえに放置されていたことだった。

大学のはじめごろから長いこと暮らしていた1Kのマンションをでて、引っ越すのだという話は聞いていた。それがどうやら、ひさびさの本命らしい彼女と暮らすためだということも。

（本当だったんだな）

学生のころからいままで、奥田がつきあった女の数は、合コンお持ち帰りなどを含めると、もはや数えるのも面倒なレベルになっていた。

卒業してまで片思いの相手と顔をあわせることになったときには、ぎりぎりまでそれを内緒にしていた宍戸を恨みそうにまでなったけれど、それもじき慣れた。

打ちあけるような気はさらさらなく、友人としてのスタンスにも馴染み、ときどきは嫉妬したり煩悶《はんもん》することもあったが、ほとんどルーチンのように繰り返してきた感情のアップダウンは次第に波が弱まっていくことも経験上わかっていた。

ときどき、奥田に恋をしていることを忘れることすらある。このまま薄れてくれればいいと、ひどく穏やかな気分でいることも増えた。それでも、不意打ちの表情や仕種、やさしい言葉にときめくことはままあって、そのたびに達巳はなんともつかない気分でいたのだ。

奥田がいつまでもふらふらしていたのがいけないのだと思う。短いスパンでつきあっては別れ、を繰り返して、誰のものにもならないようなあの雰囲気が達巳をずっと惑わせてきた。

だが、これは、違う。

付箋《ふせん》がたくさん貼られた情報誌、そのなかでもひらき目のついてしまったページに、赤いペンで囲まれた物件は、あきらかにひとり暮らしをするには間取りが広すぎる。立地条件も、女性の好きそうなおしゃれな町で、近くには公園があり、うたい文句は『子育てに最適』というようなもの。

二十六歳、という年齢で、同棲をスタートさせるからには、そろそろ若気の至りではすまなくなるだろう。おそらく、結婚へのお試し期間ということなのだ。

つつ、と赤丸のついた、マンションの写真を指でなぞる。

そのとき訪れた、ありとあらゆる感情がいりまじったどうしようもない感覚を、達巳はなんと呼べばいいのかわからなかった。

それでもいちばん強いのは、おそらく安堵だった。もはや長すぎてなんだかわからないものになってしまった片恋を、終わらせられる。

（終われるんだ、これで）

哀しくも、苦しくもなかった。すこし寂しい、それでも嬉しい。

もう手にはいらない彼を思って泣くことも嘆くことも、誰かをうらやむこともなくなる。

圧倒的なほどの開放感。胸を吹き抜けていった、いっそさわやかなほどの風はすさまじく、そのことに茫然とした。

「ん、あ？　どうしたの、達巳」

ぼうっとそれを眺めていると、この赤丸をつけただろう本人がデスクに戻ってくる。現場にでてイベントを仕切ることの多い奥田は、常にスーツの達巳と違って、いつもラフなスタイルだ。引き締まった身体には、Ｔシャツとジーンズという若い格好もまだ充分似合う。

（ああ、でも、変わったんだ）

学生時代に比べると、肉付きがあきらかに厚くなった。太った、ということではなく体格がおとなの男のものに、完全に変化したのだ。顎のラインもがっしりとして、最近生やしはじめた鬚も、いきがっている雰囲気というよりしっくりなじむようだ。

浮ついていた雰囲気もだいぶなりを潜め、仕事柄軽い格好をしているけれど、社会人としての貫禄《かんろく》がついたせいか、頼りがいがある空気をいつも身にまとっている。

これがいまの奥田だ。

はじめての出会いで、女の子の胸を揉んでいた男でも、イベントでの突発事項に強引な解決を見せたかと思えば大失敗する男でも、別れ話で無駄に注目を集めた男でもない、もう誰かの人生を引き受けると決めた、そういう男だ。

「……引っ越すんだな」

「え、あ、ああ。うん、いまのマンション、契約切れるし、そろそろかなって」

すこし照れたように言う奥田は、彼女と暮らすことについては口にしなかった。もしかしたら、結婚には一生縁のない自分に気を遣ったのだろうかと、そんなふうに考えてみる。

「いい感じの部屋みたいだ。もう決めたのか？　いつ越すんだ？」

「あー、たぶん。あ、いや、ひとに頼んで契約とか進めてもらってるから、日程とかまだ確認してないんだ」

「ひとにって、はっきり言えばいいだろ。彼女なんだろ？」

冷やかすように笑ってやると、なぜか奥田は妙な顔をした。そのあともそもそ口をすぼませ「うん、まあ」とはっきりしない口調で言う。

「いよいよおまえも、年貢の納めどきだな」

「えっ、いやまだそういうんじゃねえから」

あわてたように言った奥田に、これは失言だったかと思った。男は『結婚』の二文字にはどうあってもしりごみする。たとえその気があっても、周囲や恋人本人から急かされたりすると逆に萎えたり冷めたりするのだ。

いらぬことを達巳が言ったせいで、彼女に対して奥田が引いたらまずい。いささかあわてながら、あまりうまくないフォローの言葉を口にした。

「悪い、よけいなこと言ったな。変に煽《あお》るつもりはないんだ。彼女と仲よくやれよ」

「あ、ああ。ありがとう……」

奥田の歯切れは悪く、妙な気まずさが漂ってしまった。本当にこれは失敗した、と内心ひやひやしながら「それじゃ、戻るから」と達巳はきびすを返す。

ふだんならばこんな失言はしないほうであるのに。やはりどこか浮ついているらしい、と自分を分析して、ひっそり笑う。失恋確定で浮つくというのも変な話だが、それ以外に言いようがないほど、心が軽い。

「あ、達巳。きょう、飲みにいかね？」

背後からの声に振り向くと、まだ若干微妙な顔をした奥田がそう問いかけてきた。しばし考え、達巳はかぶりを振る。

「悪い、せっかく誘ってくれたけど無理だ。きょう、次のイベントで駆りだすアルバイトの子の面接の準備があるから」

「あ……残業か？　なんか手伝う？」

「だいじょうぶ、手は足りてるから。それに、あさってから大阪《おおさか》出張なんだ。準備もしないといけないし」

せっかく誘ってくれたのに、ごめん。軽く笑って片手で拝むと、奥田はいつもの明るい笑みを見せた。

「じゃ、次の機会で」

「ありがと、また誘ってくれ」

そう言いながら、もう奥田の誘いに乗ることはないだろうと達巳は思っていた。

彼が本気で彼女とつきあう気があるなら、いままでのパターンからいって、絶対に紹介される。踏ん切りはついたという自覚はあっても、やはり具体的に相手を知りたいとは思わない。

数年まえ、学食でのバッグ振りまわし事件のあとも、ああいう彼女とつきあっていたのか、などと考えこんで鬱々《うつうつ》としたこともあったほどだ。これから幸せいっぱいにすごすだろう姿を想像させるような情報は、すくないに限る。

たぶん、あと数カ月もして、引っ越しが完了してしまえば、完璧に過去にできるだろう。まだしばらくは、あの赤い丸のついた物件の写真が脳裏をちらついたりもするだろうけれど、いままでになく気持ちは軽い。

どこか肩の荷が降りたような気分で、達巳は足取りも軽く自分の仕事へと戻っていった。

「あれがいちばんはっきり、あー終わった、すっきりした、って思ったときだけど」

「すっきり、て……ひどくね？」

情けないにもほどがある顔で達巳の肩にもたれてきた奥田に「だって本当にそうだったんだ」と笑いもせず告げる。

「正直、なんで俺この男好きなんだろうなあ、って首ひねってることのほうが多かったし」

「やっぱひでえだろ！　てか達巳、ほんとに俺のこと好きなのか⁉」

「不本意だけど」

言葉と同時にうなずいてみせると、おおげさなほど奥田はため息をついた。

「俺つきあった相手に、ここまで全否定されるとか、はじめてだわ」

「出会いが出会いだし、悪行の限りを知り尽くしてるからなあ」

「悪行って、そこまで悪人じゃねえよ⁉」

笑いながら「わかってる、冗談だ」とほとんど涙目になった奥田の頭を撫でてやる。自信家のようでいて、奥田は意外にナイーブなところもあるのだ。あまりいじめるとあとが怖い。

達巳が思った以上にダメージは食らっていたらしく、髪を梳《す》いてやってもしょぼくれた顔はなおらなかった。

「いままでの話聞いてるとさあ、なんで達巳って俺を好きだったのか、まじめにわからなくなってきた」

どんよりした声に、やりすぎたか、と達巳は苦笑した。ため息をついている奥田の頭を抱え、軽く力をこめると、うながされたとおり膝のうえに転がってくる。

「……ゴキゲンとりのサービス？」

「似合わないから卑屈になるなよ」

くせのある髪を指でいじりながら、軽く頭皮をマッサージするようにしてやると、気持ちいいのか目を閉じた。このほうが、恥ずかしい話をするときにはいい。

「奥田はさあ、時間ルーズだし適当だし女にはだらしなかったけど」

「追い打ちいらねえ……」

「聞けって。それでもさ、肝心なとこはいつも、かっこよかったよ」

ぱっと開こうとした瞼のうえに、手をかざす。手のひらにあたる奥田の長いまつげがせわしなく動いて、くすぐったかった。

「どのようにかっこよかったか、教えてくれませんかね」

まだ声に力がない。本気でへこませてしまったことを反省しつつ、すこしひんやりする瞼を手のひらの熱であたためてやる。

「これ、気持ちいいだろ」

「手？　うん。じわっとあったかくて、やさしくてほっとする」

ふ、と息をつく彼に、達巳は自然と微笑んでいた。

「これな、まえに俺が貧血で倒れたとき、奥田がしてくれた」

「……え？　そんなことした？」

「やっぱり覚えてないか」

くすくすと達巳は喉を鳴らした。

——半年まえの、夏。


真夏の炎天下におこなわれた、酒造会社のPRイベントは、大手の広告代理店からの依頼とあってかなり大がかりなものだった。

新商品の発泡酒を売り込むイベントは、話題づくりと客寄せのため、CMソングを手がけたアイドルグループの街頭ミニライブを池袋《いけぶくろ》の西口公園にセットした特設ステージでおこない、キャンペーンガールの女性たちは水着すれすれのきわどい格好で、集まったひとびとにミニ缶のサンプルを配るというもので、仕切る側としてはかなりのてんやわんやだった。

通常、手がけることの多いハコモノのライブとは違い、路上パフォーマンスは雑多なひとがあふれるぶん警備の目もなかなか行き届かなくなる。むろん警察のほうにも届けはだしてあるが、万が一の事故が起きたら洒落にならないため、奥田をはじめとするスタッフ責任者は、なにかトラブルが起きるたびに炎天下のなかを駆けずりまわる羽目になっていた。

ふだんは裏方で事務の手配が主な達巳や宍戸までも、大型催事で人手が足りないとあって、ひさびさの現場にでていた。

準備は万全におこなっていたが、思った以上の人出でサンプル品が予定よりはやく底を尽きそうになったり、補充の連絡をしている間にキャンギャルが酔った客に絡まれそうになったり。ろくに休みをとる暇もなく働き続けるうちに、休日の午後からはじまったイベントは山を越えていた。

夕刻近くなって、ようやくミニライブが終了し、一息ついた瞬間だ。

（あ、やばい）

暑いというよりもはや熱い、と言うべき気温のなか、すうっと、寒気が襲った。ついでめまいと耳鳴りが訪れ、ぐらりとかしいだ身体を、ひとけのない特設ステージの裏、セットの骨組みに掴まってこらえる。

すこしまえ、脚が攣《つ》るような感覚があった。疲労のせいかと思っていたが、熱中症の兆候《ちょうこう》だったのかもしれない。頭痛と手の震えまではじまって、嘔吐《おうと》感がこみあげてくる。倒れている場合か、と自分を叱咤しても、もう萎えた脚が言うことをきかない。

汗に滑った手が、掴んでいた骨組みから離れていく。このまま崩れ落ちれば、コンクリートの地面にぶつかる――と、なかば他人事のように考えたそのときだった。

「……しっかりしろ」

力強い手に支えられ、背中がなにか頼りがいのあるものに受けとめられる。ふわり、と一瞬の浮遊感ののち、自分の身体が抱えられ、どこかに運ばれていくのを知った。

「おく、だ?」

「しゃべらなくていいから、できるだけ身体まるめて頭さげて。……おーい、誰かポカリ急いで買ってきて! あと水と、氷たくさん!」

金属的な耳鳴りのせいで、周囲の会話のすべては聞き取れなかった。それでも奥田の指示で、誰かアルバイトの若い子が走っていったのを知り、力なく彼の肩口のシャツを引っ張る。そこも、冷や汗だらけの達巳と同じほどには濡れていて、心臓がひやりとした。

(いらない、おまえこそ、やすめ)

そう言ったつもりだったのに、口がのろのろ開閉しただけだった。一瞬ののち、完全な暗闇に包まれた達巳が気づくと、ステージから少し離れた木陰で、奥田の膝を枕に寝かされていた。

意識がすこしはっきりすると、頭だけを少し持ちあげられ、流しこまれてくるあまい液体を、喉を鳴らして飲んでいる真っ最中だった。

「お、勢いよくなってきたな。すこしはマシになったか?」

「……イベントは?」

「もうあとは片づけにはいるだけだ。バイトに指示だしたから心配ない。もっと飲め」

ペットボトルの口を押しつけられ、またぐびぐびと飲み干す。ひんやりしたそれが喉を潤していくごとに、身体に力が戻ってくるようだった。そして、冷や汗とは違う種類の汗が、どっと毛穴からあふれていく。

「おまえ、どんだけ水分とってなかったんだよ。もう一リットル近く飲んでんだぞ」

「あ……悪い」

まぶたの裏まで水分がいきわたったのか、じんわりした潤みを感じて目をしばたたかせる。ようやく目を開けると、しかめ面の奥田がそこにいた。腋の下と首の裏、頭のうえにごりごりしたものを感じるのは氷をつめたビニール袋らしい。

そして額から瞼の近くまでを覆う、奥田の手のひら。不思議なことに、達巳の髪は、汗をかいただけとは思えないほど濡れていた。

「髪……なんで？」

おぼつかない言葉だったが、奥田はすぐに疑問の意味を察したようだった。

「冷却シートじゃおっつかないくらい熱かったから、氷水つくって頭にぶっかけたんだよ。それでも起きねえし、救急車呼ぶかって話になってたとこ」

「悪い……」

「無理しすぎだ」

生乾きの髪を、奥田のおおきな手のひらが撫でつける。ついで瞼をそっと押さえる。冷やされ続けたせいで冷たいしびれが残っている肌に、その感触はやさしくてほっとした。

「疲れてんだろ、すこし寝とけ」

「奥田は……戻っても……」

「急変したらやべえだろ。起きあがれるようになるまでみとけって、宍戸さんの命令」

軽くぽんぽんと頭をたたかれ、「すまない」と告げた声は届いたかどうかわからなかった。

氷と、手のひら。冷たさとあたたかさを同時に感じながら、そのどちらもが心地よいという不思議な気分だ。なまぬるい風しか吹かない夏の夕暮れだが、汗や水で濡れた達巳には気化熱のせいでひんやりと感じる。

不快感が去ると、ずんと重たいほどの疲労を感じた。うとうととしはじめる自分を知り、仕事中に寝るわけにはと思うのに、瞼を押さえる奥田の手が、泣きたいくらいやさしすぎて困る。

「奥田は、看病、慣れてるのか」

「あ？　いや、この手のイベントで毎回外走りまわってれば、救急対応くらいは身につくだろ」

「……そうか」

そのとき達巳が本当に聞きたかったのは、同棲中の彼女にもこんなふうにやさしいのか、ということだった。もういっしょに暮らして二年くらいか。いつ結婚するんだ。そんな言葉がいくつもいくつも胸の奥に生まれ、けれどどれひとつ声にならずに消えていく。

「助かった、ありがとう」

「なに言ってる。当然のことをしただけだ」

「それでも、……ありがとう」

まだ震えの残る手をあげて、感謝の代わりだとでもいうふりで、奥田の腕にふれた。ほんのわずか、指先でたたくようにしただけだったけれど、心臓が馴染みの痛みを覚えたのには驚いた。

もう、とうに踏ん切りをつけたはずの思いは、まだひっそりと生きている。熾き火のようにひそかに、消えたとばかり思っていたのに、こうしてすこし風を吹きこまれればあかあかと熱くなる。

「……はは」

「どうした？」

なんでもない、と首を振ろうとして、奥田の手に押さえられていてかなわなかった。じくりと瞼を疼かせた涙も、すぐに引っこむ。

まだ、完全に消し去れないのはしかたない。こうして奥田は不意打ちでやさしく、あの大学祭のときのように、助けられ、救われることはいつでもあった。毎度、達巳がギリギリになったときにはなぜだか、手を差しのべてくるのは奥田で、そのたびに気持ちが引き戻される。

（でも、きっと、もうすぐ）

三十になるころには、いいかげん決着もついているだろう。相手の女性は年下らしいし、まだ焦ってはいないだろうが、年齢の区切りというのは案外、きっかけにもなりやすいものだ。

「奥田、はやく結婚しろよ」

「……なんだそれ、急に？」

怪訝そうな声が聞こえた気がしたが、もう眠りに落ちかかっていた達巳には答えることができなかった。

ただはやく、はやく、この熱を忘れるような冬になればいいと、そう願いながら暗い闇に意識が落ちた。

「こう言うと恥ずかしいかもしれないけどさ。いつも、困ってるとき助けにきてくれるのは奥田だったから。ヒーローみたいで」

「達巳……」

過去語りを聞いていた奥田が感極まった声で名前を呼び、達巳は微笑んだままこう続けた。

「むかつくなあ、って思ってた」

「なんで⁉」

がばりと、瞼のうえの手を振り払って奥田が起きあがる。

「途中まで俺、すっごいいい感じのイケメンだったのに、なんでむかつかれるわけ⁉」

「だっておかげで俺は延々、踏ん切りつかなかったんだぞ。おまえが見た目のとおり、仕事にも適当でいてくれればいいのに、雑なわりには仕切るのうまいし失敗もしないし」

「……褒められてる気がまったくしねえ……」

がっくりと肩を落とす奥田に、達巳は手を伸ばした。ぺたりとその頬にふれれば、なんだ、というように目が動く。

「ごめんな。俺が奥田を好きだった時間は、大半があら探しに費やされてて」

「どうしてそうなんの……」

「……きらいになる理由を、山ほど探してたからな」

静かにつぶやいた達巳の手をとり、奥田は表情をあらためる。

「でも、そうなれなくて、しんどくて。……なんかそういうのをさ、十年以上ぐるぐるしてこじらせちゃってるもんだから、どうも素直じゃないことばっかり言っちまう。ごめん」

「謝るのよせよ」

引き寄せられ、胸におさまる。いまだこの距離は、達巳にとって実感がない。口にはだせないが、毎日、夢のようだなあ、などと思ってもいる。

「おまえがこじらせたの、俺が鈍いせいなんだから。謝るな」

「奥田は男前だな」

「なんでだろな、もうさっきのいまで褒められても、素直に聞けない」

「あはは、それはほんとにごめん」

どうしようもないな、とふたり揃って笑った。もう三十にもなるというのに、てんで不器用にもほどがある。

けれど抱きあう腕は、身体は、ひどくしっくりしていた。現実感が遠いようにも思えるくせに、この心地よさは否めない。気持ちよすぎるからこそ、夢のようにしか思えないのかもしれない。

「……なあ、奥田」

「うん？」

「セックスしよっか」

ぴったりと寄り添っていた広い胸から、ばくんという心臓の音が聞こえた。

「おまえ、なに、昼間だぞ。それに、きのうもしたのに？」

表情も相当にうろたえている。この程度の、色気も素っ気もない誘いで練れた男が動揺するとは思っておらず、達巳は驚いた。

「え、そんな動揺することか？」

きょとんとして問い返すと、奥田の表情が歪んだ。目元がうっすらと赤く、それもまためずらしくてまじまじ見ていると、さきほどと逆、視界を遮るようにまぶたを手のひらで押さえられる。

「奥田？」

「……マジで前後の流れがまったく読めねえよ、なにがどうしてここでセックスだよ」

はあ、となんだか疲れたように奥田はため息をつき、失敗したか、と達巳は思う。

「ああ、乗り気じゃないなら無理にしなくても」

「したいですよ！」

なんだかやけのように叫ばれて、勢い、目を覆っていた手も離れていく。「ですよ、て」と笑ってしまったその顔を睨むように見つめ、奥田がぼやいた。

「達巳。おまえつきあいだしてから、ほんとに謎ばっか増えるわ」

「そうか？」

「だよ。ふだんはヤダヤダ言って……まあそれもかわいいけどさあ」

ぶつくさ言いながらも、奥田はのしかかってこようとする。ソファに押し倒されそうになり、達巳は「待て」とその広い肩を押し返した。

「ここはいやだぞ。するならベッド」

「いーじゃん、たまには盛りあがった勢いで」

「これ盛りあがってないだろぜんぜん。ベッドすぐそこだし、狭いのはいやだ。ほら、どいて」

強引に寄せてくる唇をよけ、達巳はするりと逃げる。ソファに取り残され、唖然とした顔になる奥田をちらりと眺めたのち、「シャワー使うよな」と告げた。

「俺は朝、浴びたけど。おまえ食事作ったりして汗かいただろ」

「……や、もう、どっちでも……」

「浴びてきたら、いろいろしてやってもいい」

ぐったりとソファに伏していた奥田は、その言葉でいきなり跳ね起きた。さすがに赤くなった顔を隠しきれず、達巳はそっぽを向いた。

「気が変わるまえに、はやくしないと」

「五分で戻る！」

叫んで走りだす男に、あきれるような恥ずかしいような気分になる。えらそうに言ったわりに、達巳はたいしたこともできないのだけれど——それを奥田も、知っているのだけれど、それでも求められているとわかるのは、単純に嬉しい。

さきにベッドへと向かうべく歩きだした達巳に、脱衣所で服を脱いだ奥田が裸の上半身だけを覗かせて声をかける。

「なあ、達巳」

「ん？」

「かわいげないとかさっき言ったの訂正するわ」

やっぱおまえ、かわいい。

出会ったころから変わらない、無邪気と言っていいような笑顔で言いきられ、今度こそごまかしようがないほど達巳は赤面した。

唇での愛撫は、それほど得意ではなかった。

達巳は口がちいさいほうだし、奥田のそれは体格に見あってかなり立派で、顎は疲れるし喉奥までくるとえずいてしまうこともある。

それから味、正直まずい。えぐみのある塩気は、なんと言ったらいいのか生のいきものの味、といった感じで、慣れないうちは舌が勝手に痙攣《けいれん》し、そのせいで奥からせぐりあげるような気分にもなった。

意識的に鼻腔《びくう》を閉じるようつとめ――本当に孔《あな》が塞がるわけではないので、感覚を遮断《しゃだん》するような感じだ――感触と相手の反応にだけ集中するようになってからは、だいぶマシになったと思う。

なにより、逞しい脚が快感に震え、頭上に落ちてくる気持ちよさそうな吐息混じりの声が聞けると、自分も男だったのだなあ、と痛感した。相手の快楽を引きだすことに喜悦《きえつ》を覚えるのは、受け身であっても変わらないサガらしい。

「ん、ぐっ」

びくっと奥田の腰が跳ね、思わずといった声が漏れた。過敏なそれに気をよくしながら長いものを口腔から抜きだし、ぬめったそれをしごきながら問いかける。

「奥田。きもち、いいか？」

「や、天国……」

両手のさきをあわせるようにして鼻から口元を覆った奥田が、どこかとろんとした目で達巳を見つめ、つぶやく。「よかった」と思わず微笑んだとたん、手のなかのものがびくりと反応して驚いた。

「あれ……いま、とくになにもしてないぞ？」

まじまじとそれを眺めたのち、頭上を仰げばさきほどよりさらに強く手のひらを顔に押しつけ、震えている奥田がいた。ぜいぜいと肩をあえがせたのち、なんだかやけ気味の声で彼はわめいた。

「……っビジュアルがすげーの！　ってかそこでかわいい顔見せるとかほんと……達巳、なんなの？　きょうどしたのよ」

「どうした、ってなにが」

「いつも頼みこんでもあんま、してくんねえのに、どういう風の吹き回しなんだよ？　もうほんと、わっかんねーんだけど」

「ああ、うん……」

手遊びのように奥田のそれをいじりながら、達巳は小首をかしげた。

「ひさびさに、むかしの話いっぱいして。なんか、こう、してやりたくなった」

「大半俺が、どんだけダメ男だったか語られてた気がすんだけど?」

口はもういい、と脇に手をいれられ、身体のうえに引きずりあげられる。乗る? と目顔で問いかければ、熱っぽい目で奥田がうなずいた。

「だいじょぶか?」

「ん、できる」

達巳は脚を開き、腰の位置をあわせてさきほどまで指で唇で育てたものをうしろ手に握る。昨晩も愛されたばかりのそこは、軽く濡らすだけで充分だった。それも、奥田に言われて達巳が自分で準備した。彼のペニスを愛撫する間じゅう、奥の粘膜を開いていた指はジェルの水分ですこしふやけたような気がする。

息を吸って、吐いて、覚えたやりかたでうしろをゆるめ、腰を落とす。

「は……あっ、ん、んん」

ぐずりと割り開かれていくなまなましい感触に、どうしても声が漏れた。肘をついて軽く上半身をもたげた奥田が、浅い呼吸にふくらんではしぼむ胸に手を伸ばし、薄い肉をマッサージするように撫でてくる。

馴染んだのを見計らって、達巳は腰を揺らしはじめた。とたん、脳に突き抜けるようなあまい疼痛が走り、勝手に声がうわずっていく。淫らな悲鳴をあげるのはまだ早い気がして、必死に言葉を探した。

「お、く……奥田、あの、な」

「……うん？」

「あら探しして、おまえのことくさして、……んっ、あ、突くなっ、待て！」

制止をかけたのに、意地悪く笑った男はしたから小刻みに突きあげてくる。「あ、あ」と短い声を漏らし、達巳は自分の口を手で覆った。鼻に抜ける呼気が手のひらに跳ね返り、そこに奥田のにおいを感じてぞくりとする。舐めしゃぶっていた粘膜の感触を舌が思いだし、物欲しげにうごめくけれど、手のひらに隠れて奥田には見えない。

「あ、だから、……きらいになろうとして、がんばっ……がんば、た、んだけど」

「んなことすんなっつの。もういいよ、それは――」

ぐらぐら揺れる身体が怖くて、思わず腕を伸ばす。すぐに捕まえてくれる男の首にしがみつき、達巳は打ちあけた。

「それ、ぜんぶ、無駄だったなって、思って」

「ん……？」

やさしい喉声の相づちに、心臓がぎゅうっと絞られるように痛んだ。連動する身体の奥もまた彼のものを締めつけ、ふたり同時に「あっ」と声があがる。

「は、腹立つ、こととか、思いだすとまだ怒れる、んだけど」

「……なあ、その話まだ続く？　ぼちぼち集中しねえ？」

苦笑してぼやく奥田の顔に手をふれて、精悍な頬を撫でまわした。十一年、けっきょくこの顔以上に好みだと思えるものはなく、どこまで執拗なんだろうと自分を嗤う。

こめかみから伝った汗が目に染みて、涙がでそうになる。

「あのころおまえは、やっぱり、俺を好きじゃなかったよ」

「おい、だから」

「だって本当に、おまえが俺のこと好きだったら――」

ひゅう、と達巳の喉が鳴った。じくじくと瞼の裏が痛い。汗のせいだと言い訳して、達巳は赤くなった目をしばたたかせる。

「――好かれてたら、あのころ泣いた自分がばかすぎて、耐えられない」

「達巳……」

「おまえがほかの女、抱いてたのも、……許せなくなる。だから」

頼むからもう言わないでくれ、と続けるはずの言葉は、奪うような口づけに阻まれた。さきほど、彼のものをくわえていたばかりなのに、気にした様子もなく奥田は歯列を舌でぬぐい、彼の唾液で洗うようにして達巳のすべてを持っていく。

「……そうだな、好きじゃなかったかも」

仮定にするのはたぶん、ぎりぎりの彼なりのやさしさだろう。完全に否定したくは、たぶんないのだ。それはそれで奥田にしても、気持ちを嘘に変えることになる。

「達巳のこと好きになったのは、三年まえ、避けられだしてからだ」

「おく、だ」

「俺は鈍くてばかだから、そうされないと大事なもんにまったく気づかなかったんだから、……そういうことだよ」

額をあわせ、湿った目尻を彼の親指がぬぐっていく。ごめん、とつぶやいたそれはもう、吐息にまぎれて聞こえないほどちいさく、なのに奥田はかすかにうなずいてくれた。

「むかしの話は、これで終わりでいいか？」

「ん」

こくりとうなずいたとたん、腰を抱えなおされる。長い指が背筋のくぼみを思わせぶりに辿り、ぞくりと震えたとたんに押し倒された。

「……じゃ、ぼちぼち、好きにしていい？」

楽しげに笑って、舌なめずりする男の視線に、胸が震える。どうとでも、と答える代わりに腕を伸ばして、その首筋にすがりついた。

そこからさきは、もう、なにがなんだかわからなかった。

ただ肌が汗でぬめり、しがみつくのもむずかしくて、それでも達巳は必死に手を伸ばし続け、うつろな声をあげ続けた。

「ああ、あー……あー……！」

もう、なにをされても気持ちいい。激しく揺さぶられても、おおきく腰を引いてだしいれされても、奥にあててじりじりこねまわされても、うつろな声しかでない。いちばん好きなのは、ぜんぶ引き抜いて、頭からいれなおすのを繰り返されたときだった。縁が拡がって、にゅぷり、ちゅぷりと音をたてて長いそれをじっくり味わわされる。浮きでた血管、裏側の筋、張りだした先端、おうとつのすべてを、性器にされた孔で感じ取る。

ふうふう息を乱して、鼻にかかったあまったるい、ふだんよりオクターブ高い声を漏らしながら、弛緩《しかん》しきった手足をシーツのうえでたゆたわせる。

「はあ、は、ぁん、んー、んん」

意味もなくかぶりを振り、行き場のない感覚に惑って唇を噛んだ。それでも足らず、引き寄せた枕に噛みつき、痺れた舌をこすりつける。力はどこにもはいらないのに腰だけが前後にかくかく揺れて、とろけきった粘膜を奥田のそれでもっとかきまわしてくれと訴える。

仰け反ったせいでさらされた首筋から、顎、耳、こめかみまで、ついばむようなキスが落とされる。リップ音を響かせられるだけで、ペニスのさきがあえぐように開き、ぬめりの強い体液がこぼれていった。

「うあ……っ」

いきなり背中をすくい上げられ、弛緩しきっていた身体が奥田の胸にぶつかる。肩に頭を乗せられたまましたから揺すりあげられると、ぐらぐらと不安定に首が揺れた。

唾液を飲み干す力すらなくなって、口の端からあふれる。喉にたまっていく濃い体液にむせそうになると、奥田が口をあわせ、とろとろしたそれをすべて舌でこそいですすり、飲み干してくれた。

去っていく舌につられ、無意識で自分のそれを突きだす。唇からはみだした部分をねぶりながら達巳の腰を掴み、上下左右に揺する強い腕。角度をずらされ、結合はさらに深くなる。ずぶずぶになった身体のなかで唯一はっきりしているのは、燃えるように熱い奥田のものだけだ。ぐらぐらする視界をうつろな目で眺めながら、達巳は身震いした。

（きもちいい、すげえ、きもちいい）

いれて、抜く。こねまわす、かき混ぜる、突いて震わせて揺らす合間に、硬くしこった乳首をいじられ、濡れたペニスをいたずらするようにつついてきたり、ねっとりしごいたりされる。予測のつかない動きのすべてに快楽がつきまとい、どれも好きだと思う。これのためならなんでもすると思う。むろんそのすべてを施すのが奥田だからで、もろく傷つきやすい身体を好きにしてと言えるのは、彼の愛情を疑わないからだ。

（ああ、また、くる）

長い余韻のたゆたうような心地よさから、じわじわとあの波がおおきくなっていくのがわかる。さっきよりもっとおおきい。奥田の身体をまたいで投げだしていた左右の脚がひきつり、膝をたててじたばたともがきはじめる。広い背中に指をたて、意味もなく何度も首を振った。

「どうした？」

「い、く、また、い、……っく、も……い、ってんの？　わ、から、な……っ」

ずっと長く絶頂が続いて、でもまださきがある感じがして、それが怖い。ぼんやりした声が届いたとたん、ふたたび奥田は達巳の身体をベッドへ倒し、細い脚を抱えなおした。わざわざ引き抜いて、ひくついている粘膜のきわを指の腹でしばらくいじめて、それから何度も先端を押しつけるだけの意地悪をし、繰り返すキスと同じ音をたてる。

「あ、あ、また、はいる……あ……」

ぞくぞくびりびりと身体じゅうが痺れ、たまらずに達巳は両腕で自分の身体を抱きしめた。ぎゅっと縮こまるようなその仕種がどれだけ男の目を喜ばせているかも知らず、ちいさく身をまるめ、そのくせ下半身はあずけっぱなしのまま、揺さぶられるに任せている。

粘つく音が聞こえた。こんな音がたつキスがしたい。でも届かない。たまらなくて唇を手で覆い、とたんにまた奥を突かれて勢い任せに小指と薬指が口のなかにはいる。恋人の舌の代わりにねぶりつきながら、ずきずきするくらいの快楽をこらえるために指を咬んだ。

「こら、指咬むな」

「ぅあ」

見かねた奥田が手を取りあげる。指さきに唇を押しあてられ、照れて振り払ったさきほどとは違い、彼がどれだけ達巳のことを慈しんでいるのか教えられた気がした。

心臓が痛くて、腕の力が抜けた。だらりと投げだせば、右手に右手、左手に左手を握られ、交差するかたちで腕を引っ張られた。ときどき奥田はこれをする。意味はあるのかと言えば、肩からしなってねじれる腕のラインが好きだと、ずいぶんフェチっぽいことを言われた。それから、手をつないでいると――。

「おく、だ、奥田」

「うん」

無意識に、達巳の指がもがいて、ぜんぶの指を絡めるやりかたでつなぎ直せとせがむ。そうなると当然、クロスした手ではやりにくいから、一度ほどいて、また結んで。手のひら同士がふれあうと、ほっとする。唇がゆるんで、ふだんは言えない言葉があふれる。

「す、き、すごく、すきだ」

「……うん」

わかってる、と握った手の片方を引っ張られ、愛してる、とささやかれながら甲に口づけられた。はあ、ん、と声にならない声がでて、奥から波打つように彼を締めつける。奥田もあえいで、深く穿った楔をふくれあがらせる。たたきつける動きが小刻みになり、ああ、もういくんだ、と達巳はぼんやり思い、結んだ指をぎゅっと握り、彼の喉に唇を押しつける。

「いけ、よ……いって、ここ、だして」

「ん、っ、も、いいか?」

「いい、もう、どうせ……ずっといってる、から」

痺れたような脚をどうにか動かして、彼の身体を挟みこむ。逃がさない、離れないと訴えれば、強い腕が腰を抱えあげ、ひときわ強く突きあげられた。

ぐん、と身体ごと宙に浮くような強烈な感覚におぼれ、喉が痛むほどの悲鳴がほとばしる。

そうしてあとは、同じ高みに登った男が落ちてくるのを待つように、両腕を拡げた。

——はじまりの裏の、はじまり。


「……あー、いてえ……」

赤くなった鼻先をさすって、奥田はぼやいた。

テキストケースを顔面に投げつけてきた、やたらきれいな顔をしたまじめそうな男は、「ひとがくるまえにそこらのもの片づけておけ！」と言いおいて部屋をあとにした。

おそらく自分が、このケースを置き去りにしたこともわかっていないだろう。じっさい奥田にしても、怒られてもしかたない場面だったとは思う。

（けど、この部屋、あと小一時間はだれもこないって聞いてたんだけどなあ？）

ちなみにそれを言ってきたのは、さきほど胸をさわらせてくれた女の子だ。一学年うえで、イベントサークルに勧誘してきたのも彼女だったし、ここはいつも空き部屋だからと慣れたふうに言っていた。

「なんだったんだ、いったい」

　ぶつくさ言いながらも、さきほどの橋田とかいう男が帰ってきては困る。とりあえず乱れた服を直し、さきほど握手を無視された際の言葉をなんとなく思いだして、部屋の隅にある水道で手を洗った。

　もつれあううちに散らかった荷物などを適当にまとめていると、ドアをノックする音がした。

「はい？」

「……さっきはどうも」

　ドアを開くと、そこには逃げていったはずの男が立っていた。奥田より十センチほど背が低いだろうか。それでもすらりとした身体にちいさな顔で、いわゆる正統派の美青年だな、とあらためて思う。

「忘れものだろ、これ」

　はい、とテキストケースを差しだす。彼はなぜか困った顔をして受けとろうとはせず、奥田は小首をかしげた。

「なに？　あ、手ぇ洗ったからべつに汚くねえよ？」

「いや、うん。ありがとう」

　さきほどの剣幕はどこへやら、ずいぶん素直に手を差しだした。ほっそりした指だな、と観察しながら荷物を手渡すと、彼はおどおどしたふうに目を泳がせたかと思うと、いきなり頭をさげた。

「……ごめん。悪かった」

「え？　あ、なに、これぶつけたこと？」

「それもだけど、あの……部屋、俺が間違えてた」

「へ？」

いったいなんのことやら、と奥田は目をしばたたかせる。

「ここ、ドアのまえに『イベントサークル』って書いてあって……サークル棟、三つ並んでる端の建物の、入り口から階段脇の角を曲がって奥、って言われてて、てっきり、ここだと思ってたんだけど」

しどろもどろの説明によると、彼が先輩に勧誘されたのは『イベント企画サークル』だったそうだ。そして三つ並ぶうちの端、というのが、真ん中の棟を挟んで間逆に位置し、偶然にも部屋の配置はほぼ同じような状態だったらしい。

「イベサーはイベサーじゃねえの？　どう違うの？」

「え、と、こっちのはいわゆる、合コンとか飲みとかで遊ぶだけのサークルで、俺のはいるほうは、ライブとかのイベントを、企画運営するタイプ。だから、名前似てるけどまったく違うんだ、って……」

薄い耳が真っ赤になっている。つまり彼は、まったくよそのサークルに踏みこんできたあげく、他人の濡れ場をじゃましてしまった、という大間違いをしでかしたわけだ。

「あそこはヤリサーでもあるから、そりゃ怒るのが筋違いだろ、ってさっき先輩に爆笑されて」

「あー……そう言われっと身も蓋もねえけど」

だがじっさい、その現場を見られた奥田にしても言い訳のしようもない。入学そうそう、爛《ただ》れきっていると非難されてもしかたない話だと思う。

だがきまじめそうな橋田は、ひたすら自分の失敗だけが恥ずかしいらしく、色白の顔を真っ赤にして目を泳がせていた。

「まあ、その、そういうわけで、本当にじゃまして悪かった」

「や、まあ、あんなトコいきなり見たら、テンパると思うし」

フォローのいれようもないが、とりあえずそんなことを口にしてみる。橋田は依然赤い顔のまま、ふるふるとかぶりを振った。

色素の薄い、清潔そうな髪が揺れる。さっき抱こうとしていた女の子の、あきらかに染めた茶髪と違って、きれいな艶があった。

うっすら赤くなっている首も細い。たしかにこういうこぎれいなタイプが、ヤリ目的と言われるサークルにはいることのほうがおかしいだろう。

「とにかくごめん。それじゃ」

　ぺこりと頭をさげ、テキストケースを胸に抱えて橋田は背中を向けた。春物のジャケットのしたに、薄そうな肩胛骨のかたちが浮きあがっている。まっすぐで姿勢のいいそれを見たとき、奥田はなぜか口を開いていた。

「……なあ、そっちのサークルって、おもしろそうだな？」

「え？」

「俺さっきの子に、ちょっとまえに勧誘されただけなんで、べつにここにはいるって決めた訳じゃないんだけどさ」

　その発言に、橋田の眉が寄った。出会ったばかりで破廉恥《はれんち》な、とでも言いたげな視線がおもしろくてたまらない。

　いまここで、じゃあさようなら、と言えば彼とのつながりは切れる。学部も違えばサークルも違う、となると広い大学内で遭遇《そうぐう》する率はかなり低くなるだろう。

（なんか、もちょっと話してみてえな）

　自分とはまるで違う、まじめで純情そうな、清潔な雰囲気の同学年。高校時代も大抵、似たようなタイプとつるんで適当にすごしてきた奥田にとって、彼はあまりに新鮮だ。

「俺もそっちはいるわ。連れてって」

「え、……は？」

「ってわけできょうから仲間な。よろしく」

のしっと腕を肩にかけると、その薄さに驚いた。彼もまた、いきなりのなれなれしい態度にびっくりしたのか、切れ長の目をまるくしている。

(あ、かわいい顔すんだ)

同性ではあるけれど、橋田は男くささのない、すっきりした顔をしている。怒っているのもかなりきれいなものだったけれど、この子どもっぽい表情も悪くない。

「なんか俺、おまえと仲よくなれそうだと思うんだけど、どう?」

「……俺は思わないけど?」

きょろりとしていた目が眇められ、ひんやりしたものに変わる。ああ、これはこれでいいかもしれない。よくわからない楽しみを感じて、奥田はにやりと笑う。

「そう言うなって。とにかくいこうぜ、あっちの棟だっけ?」

「そっちは逆だよ、ばか!」

出口に向かうはずが、さらに奥へと進もうとした奥田の腕を引っ張り、橋田が歩きだす。うっとうしそうな顔をするくせに、面倒見がいいおひとよし。ますますいいな、と奥田はひっそり笑みを深める。

おそらくこの男とは、長いつきあいになるだろう。これからさき、奥田のもとにいろんな驚きや感情を運んでくれるに違いない。

そう思うくらい、奥田の持った橋田という男への第一印象は、最高だった。

END

あとがき

今回のお話は、もともと個人サイトで配信していた短編ふたつに、書きおろしをくわえたものとなっております。

いつもよりもかなりライトめで、大枠の物語があるというよりも、カップルふたりに的を絞りこんでの作品となっているわけですが、じつはこの話の第一話、『戀愛-koiai-』は、そもそもこの本の担当さんとのある発言が元ネタでした。

それこそ年末近い新宿某所、ドラマCDの収録が夜半に及んだため、食事をする場所を求めて担当さんと居酒屋にはいったのですが……そこでまるまんま、達巳と奥田が遭遇したような瞬発的な停電が発生しまして。

本当にものの数分で復帰したのですが、隣で喋っていたひとの顔が一瞬見えなくなる暗闇に、わたしは「おっ?」と声をあげ、担当さんも「停電ですかね?」と驚いていたのですが、さすがに萌えとエロスを追及するこの方はひと味違った。

「この一瞬って、キスを盗もうと思えばできますねえ」

「あ、そのネタいただきます」

彼女のそのひとことで、ぼんや~りしたシチュエーションだけができあがり、それを勢いでかたちにしたのが『戀愛-koiai-』です。

といっても書いた当時はまさか文庫にすることなど考えておらず、いわゆるシット・コム的な固定シチュエーションの会話劇＋おまけのエッチ、くらいの感じでいたもので、今回の書きおろしについてもけっこう悩みました。

結果として、現在軸はやはり場面固定、ひとつの場所からそう動かず、回想でこのふたりの出会いからをざっくりたどる、という方向に決めて、ラストの『得恋-tokuren-』にいたっています。

間にはいっている掌編『恋々-renren-』は、奥田視点のものですが、これもネット配信用にお遊びをきかせた話だったので、じつは初出時は文章とツイッター画面の画像とを作成し、混ぜこんでの表示形式にしておりました。

そのため、ツイッターでの発言に相当する部分も、顔文字やネットスラング的な記号をふんだんに使っていたのですが、縦書きの文庫でそれをやると、はっきり言って読みにくいうえに、顔文字は基本横書き専用の特殊表記。これをわざわざ縦書きで絵的にいれこむのも、逆に読みづらいのでは……と悩み、結局はそのあたりをすべて、書き直しました。一瞬、ここだけ横表記にならないかな、などと考えましたがさすがにそれは無理だったかなと。

さて簡単に説明してまいりましたが、本来、書きおろしのはずだったこの本が今回このような短編集となったのは、初夏あたりから続いている原因不明のじんましんとそれに付随する疾患のため、執筆ができなくなったことが原因でした。再三、スケジュールについてはご相談させて頂いてきたのですが、いっこうに症状の回復する気配がなく、急遽このようなかたちでの刊行維持となったわけです。

そもそもは、ひとつが崩れると一気に雪崩を起こすスケジュールのもともとの組みかたがタイトすぎたためで、これは自分の体力を過信した私の落ち度もあります。今後に関しては、このような事態にならぬよう、仕事自体を見直していく予定で、現在あちこちのお仕事先と話しあいをしています。

イラストのタカツキ先生、担当さんをはじめ、関係各方面の皆様には多大なるご迷惑をおかけし、この場を借りてお詫び申しあげます。

あらためまして、タカツキ先生、お忙しいなか美麗なイラストをありがとうございました。担当さん並び関係者様、ギリギリまでの調整をありがとうございました。

情況を知ってメールやツイッター、お手紙等でお見舞いくださった読者の皆様も、本当に感謝の言葉しかありません。

おそらく、いままでのようなペースではなくなると思いますが、どこかでふらりと見かけた際には手にとっていただければ幸いです。

滅多に無いあご髭で
ウハウハでした。
ツイッターのクジラが分からず
検索してしまいました…。
浦島状態でマズイなと感じた
今日この頃です　ヽ(´口`)ノドヒャ~
タカツキノボル

ダリア文庫

大学助手の蓮実秋祐は、いとこの袴田涼嗣と同居している。同い年のくせに、際限なく甘やかしてくる涼嗣に、秋祐は密かに恋をしていたが、涼嗣が恋人・理名との結婚を決めたことから事態は大きく動き始める。秋祐は涼嗣を諦めようとするが…。

✻大好評発売中✻

ダリア文庫をお買い上げいただきましてありがとうございます。
この本を読んでのご意見・ご感想・ファンレターをお待ちしております。

〈あて先〉
〒173-8561　東京都板橋区弥生町78-3
(株)フロンティアワークス　ダリア編集部
感想係、または「崎谷はるひ先生」「タカツキノボル先生」係

❋初出一覧❋

戀愛-koiai-…………個人サイト掲載作より再録・加筆修正
恋々-renren-…………個人サイト掲載作より再録・加筆修正
得恋-tokuren-…………書き下ろし

戀愛-koiai-

2013年10月20日　第一刷発行

著者	崎谷はるひ ©HARUHI SAKIYA 2013
発行者	及川 武
発行所	株式会社フロンティアワークス 〒173-8561　東京都板橋区弥生町78-3 営業　TEL 03-3972-0346　FAX 03-3972-0344 編集　TEL 03-3972-1445
印刷所	中央精版印刷株式会社